まほろば文学街道

真銅正宏　著

萌書房

序

「倭は国のまほろばたたなづく青垣山隠れる倭し美し」。これはヤマトタケルが伊勢の能褒野で、死を前にして、故郷の大和を慕って詠んだ有名な歌です。

私の河内の家からは、東に二上山が見えます。この雌岳に登り、頂上の公園から大和盆地を見下ろすと、周りを囲むやや高い山々と、きれいな円錐形を誇る三輪山、存在感のある畝傍山と耳成山、やや形のわかりにくい天香久山のいわゆる大和三山と、平野に点々と浮かぶ島嶼のような小さな山や丘、そしてその間を縫うように流れる川の配置が絶妙で、古代の天皇ならずとも、国見したような気持ちになります。

奈良県でも、特にこのあたり、県の中央から南にかけての地域は、奈良という語感より、大和と呼ぶ方がふさわしい気がします。

ここには、古代から続く長い歴史の跡が随所に残っています。そこには、私の母方の祖父母の家があり、また、父方母方双方の祖母の実家があります。ここは私にとって、幼少期の夏休みのほとんどを過ごした、もう一つの「故郷」です。生まれた家に住み続けている私にとっては、故郷へ帰る、という振る舞いは、大和に帰ることなのです。

そのために、私にとって大和は、人一倍思い入れの強い場所となっています。そこにある風景は、私の原風景として、私に再現を求めてくるように思われます。

大和。大和。小川で魚取りをし、木の上のカブト虫を追い、土葬の墓に参り、刈田を駆け回り、竹藪の横の部屋で寝起きした少年時代が、今も時々、夢の中に登場してきます。

古代からの時間の流れから見ればごく短いはずの、私が幼かった頃から現在に到る数十年の間にも、大和の風景は変化し続けています。失われてしまった風景も多くあります。私が見た大和の空気を、人々が忘れ去る前に、少しでも記録しておきたい。それで、暇を見つけては風景を写真に撮るようにもしています。その記録の一部も、合わせて紹介できればと思っています。

ああ、倭し美し。

過ぎ去りし年月は、さらにその印象を美しくするようです。失われた時間は、さらにその風景に陰影を与えるようです。

土地に染み付いた文化や歴史の匂いや香りが、この大和を、さらに美しい存在にしています。文学を通じて、この土地を幻視し、過去と現在を重ね合わせ、もう一度旅してみましょう。

まほろば文学街道＊目次

まほろば文学街道

第一章

竹内（たけのうち）村からの出発——司馬遼太郎『街道をゆく』

はじめに

名所旧跡を訪ねる旅先で何かを食べた時、そこに土地の雰囲気や歴史を殊更に感じ取り、実際の味以上に美味しく感じたことはありませんか。

自分の田舎と同じような田園風景を眺め、そこが大昔、都があった場所であることを聞かされ、急に特別の場所に見え始めたことはありませんか。

道後温泉の第一の名物に「坊っちゃん団子」があります。その名が夏目漱石の「坊っちゃん」（『ホトトギス』明治三九年四月）に由来することは明らかですが、「坊っちゃん」の主人公または夏目漱石が食べた際には、いったい、何と呼ばれる団子だったのでしょうか。「坊っちゃん団子」という名でなかったことだけは確かです。では、いつそう変わったのでしょうか。

さらにいうならば、「坊っちゃん」はあくまで虚構作品であり、主人公もまた虚構の人物のはずですが、それにも拘わらず、団子だけは現実に存在するのは、どういうわけでしょうか。

道後温泉を訪れた私たちは、この団子を食べながら、「坊っちゃん」の昔に思いを馳せ、ただの団子以上の意味と味をそこに見出すのではないでしょうか。ここに、文学作品の特別な力が関わっていることは明らかです。

文学散歩に関わる雑誌や本がいつの時代も繰り返し出版されることや、「坊っちゃん団子」のような文学作品にちなんだ商品が各地で流通している事実などを見ますと、多くの人が、いわば普遍的に、このような文学と商品との結び付きや、文学にちなむ旅行を好むことは明らかです。しかも、本来ならば特定の土地に関する個人の印象は、その人のそれまでの経験などの相違から個別性が大きいはずのものですが、不思議なことに、みんながある特定の土地に関して、一様のイメージを持ってしまうことも確かなようです。

例えば京都といえば、神社仏閣が多く、また古い街だという印象が、大阪といえば商業の街としての活気や、旨いものが食える街という食のイメージが、そして神戸といえばどことなく異国的でハイカラなイメージがあります。これらのイメージは、外観からもたらされるものなので、共通性を持っても当然かもしれません。しかし、同時に、大阪人はみんな面白い、とか、京都の人は意地が悪い（これはあくまで例です）など、外から見るだけではわからないような面についても、多くの人が同様のイメージを持っていることも多々あります。先入観や偏見と呼ばれるものです。このようなイメージを形成する要因の一つとして、文学作品の影響が想定されます。

実際には、同じ京都にも神戸にも、いろいろなところがあります。大阪でも、北の方と船場と河内などでは、土地の雰囲気も全く異なっています。確かに大雑把にいえば、それぞれの街のイメージは当たっているようにも思えますが、全部が全部そうともいえないのも確かです。そもそも、土地のイメージなどは、誰かがただやたらに歩き廻っても、これをつかみ取ることは困難だと思われます。たとえ何かをつかんでも、それを正確に形容できているかどうかについては、個人的な感想なので、いつまでたっても不確かです。

そんな時、自らの感想を確立させ、それが他の人と共通なものであると確信するに際して、その確証を与えてくれるのが、例えば文学作品なのです。文学作品に書かれてあるイメージが、私たちの印象をリードして、私たちに、改めて、こんな土地なのか、と思い込ませてくれるわけです。

この土地の力の中身について、文学作品との関係から明らかにしたいというのが、本書に収めた各章の基本的な狙いです。

私の畏友で西洋美術史を専門とする宮下規久朗の著『美術の力』（光文社、平成三〇年一月）に、次のような文章があります。エルサレムの教会についての文章です。

教会は、巡礼者や観光客を見込んで適当に決めたような眉唾ものばかりである。だが、その風土と自然環境だけはイエスの時代から変わっていないと思うと、やはり感慨深いものがあった。

これこそ場所の持っている力、いわゆるゲニウス・ロキというものだろう。ドイツの建築史家ノルベルク＝シュルツが提唱し、鈴木博之氏が「地霊」と訳したこの概念は、主に建造物の建つ場所や土地の文化的・社会的・歴史的な文脈や雰囲気、人間と環境との相互作用を指すものだが、聖地や巡礼地のような名所旧跡には必ずあるはずだ。

この建築や聖地における「地霊」の発想は、文学にも応用できるものと考えられます。大和における「ゲニウス・ロキ」を作り上げた要因の一つとして、文学を捉え直してみたいのです。

大和地方は、後に順に述べますとおり、土地の独特の香りを持つ代表的な土地であると考えられます。『万葉集』の昔以来、文学作品にも数多く描かれてきました。その積み重ねにより、あるイメージが作り上げられてきたものと考えられます。そこで、大和を題材に、もう一度、土地についての意識の仕方について考えてみたいわけです。また逆に、土地というもののどのような性質が、文学作品にどのような形で影響を及ぼすのかについて見ることで、文学というものの本質を見つめ直したいという、もう一つ別の目的もあります。

それは、実は私の私自身の故郷についての、ごく個人的な興味から出発しています。私の実感は、私の極めて個人的なもののはずです。これが、読み手である皆さんに共有していただけるかどうかが、この書を一つの実験材料として明らかにしたいところでもあります。

では、その個人的な興味から始めましょう。

一、竹内村（たけのうち）という土地

河内と大和の国境に、二上山という美しい山があります。あの山を、河内側の駒ヶ谷という私の村からも見ることができますが、とても美しい山容です。河内側の人々は、雌岳が右で、雄岳が左のこちらの二上山の姿が最も美しいと信じています。一方で、大和側の人々がいう、雄岳が右、雌岳が左の姿がやはり美しいとすることが圧倒的に多いようです。後に第一六章でも述べますが、大和側の當（たい）麻（ま）寺から見れば、二上山は西の方角に当たり、季節によれば雄岳と雌岳の間に日が沈み、西方浄土の思想から、阿弥陀如来が山越しに西から姿を現すので、こちらの姿の方が本来のものであるとされて

いるようです。それでも河内側の人々は、というより私などは、幼い頃から馴染んだ姿を選びたく思います。同じ山でも、風景としては、見る方角により、全く違った顔を持つわけです。

さて、あの山のうち、雌岳の麓を通るのが、かつて官道第一号とされた竹内街道です。竹内街道は、大和と河内を結ぶ古代の中枢道路であり、河内側に向かうと、聖徳太子廟などの点在する近つ飛鳥と河内を通って、難波津に到っています。逆方向に、峠から大和側に下りてきて初めて出会う集落が竹内村です。ここは、作家司馬遼太郎の母である、河村直枝が出た村です。直枝の実家河村家は、今も竹内の集落のちょうど真ん中あたりの街道沿いにあります。家は建て替えられて新しいものになりましたが、少し前までは、古い「しもたや」として、おそらく司馬が訪れた頃と同じたたずまいで建っていました。私の記憶にも残っています。そしてここが、司馬にとって、正しく「ふるさと」と呼べる場所だったのです。

司馬遼太郎は、大正一二（一九二三）年八月七日に、大阪市に生まれました。本名福田定一。父福田是定、母直枝の次男です。司馬はこの母直枝の実家について、「街道をゆく」シリーズの第一巻に収められた「竹内街道」（『週刊朝日』昭和四六年一月二九日〜三月五日）に次のように書いています。

大和国北葛城郡竹内というのが、竹内峠の大和側の山麓にある。（略）私は幼年期や少年期には、竹内村の河村家という家で印象的にはずっと暮らしていたような気がする。（略）竹内峠の山麓はいわば故郷のようなものである。

司馬遼太郎こと福田定一は、生まれて間もなく乳児脚気にかかり、三歳まで、北葛城郡今市、これは竹内村のごく近く、東に下ったところにある村ですが、ここの仲川氏方に預けられて養育されました。これについては、司馬自身の「足跡　司馬氏自身による自伝的断章集成」（『文芸春秋』臨時増刊「司馬遼太郎の世界」所収、平成八年四月）に、次のように書かれています。

生まれたとき体が弱かったので、三歳まで奈良県で養育されたんです。今でも葛城山麓の里の風景をみますと、しきりに故郷という感じがわきます。どうも本籍地の大阪よりも葛城山麓の方に心が傾くようです。

竹内村は、古くから「竹内に貧農なし」といわれた実に豊かな村です。現在でも家並みは古く、かつての宿場町の面影が未だところどころに残されています。竹内の集落を貫く竹内街道とは別に、現在、村を迂回するように広い道幅のバイパス車道が通っています。近くには、當麻曼陀羅や中将姫伝説、折口信夫の「死者の書」（『日本評論』昭和一四年一月～三月）などで有名な當麻寺があります。またここは、相撲の発祥の地としても著名です。當麻蹶速（たいまのけはや）が野見宿弥（のみのすくね）と相撲を取ったことを記念する相撲記念館も建てられています。

ここで私の個人的事情が関係してきます。この竹内は、私の母方の祖母ミツヱと、父方の祖母キクノの生まれ育った村なのです。私の二人の祖母は従姉妹に当たります。二人の実家もまた、司馬遼太郎の母と同じ、河村という苗字でした。司馬の母の実家である河村家と私の祖母たちの家は近親ではないようですが、同じ竹内の同じ河村家であり、それぞれの家も近いことから、祖先をたどれば、いずれ遠縁に当たるのかもしれません。

私はこの因縁から、やはり竹内村に特別の思いを抱きます。母方の祖母ミツヱは、隣町である新庄町に嫁いだので、竹内村の実家ともさほど離れていませんでした。それで、その子供たちを連れて、里帰りなどでしばしば実家を訪れています。ミツヱの長男で、私の母の兄である伯父は、司馬よりやや年少でしたが、話を聞いてみると、定一少年のことを微かに記憶に留めていました。遠い記憶のことなので定かではないといいながら、毎年、腕白な男の子が大阪からよくやって来ていた、と証言してくれました。少なくとも、同じ時代の同じ土地の空気を感じ取っていたことだけは確かなようです。

竹内近辺は、石器の材料であるサヌカイトの産地であり、定一少年の時代には、近くの刈田に入れば簡単に土器や石鏃（せきぞく）が拾えたと、彼自身が書いています。彼は一時、これら古代の遺物を集めることに熱中したようです。既にこの頃から、歴史への探究心が培われていたものと思われます。これについても、前掲の「足跡　司馬氏自身による自伝的断章集成」に、次のように書かれています。

母親の実家が二上山の南の竹ノ内峠を大和盆地側へ下った村にあったものですから、子供のころはこの日本最古の官道である竹ノ内街道でよく遊んで、そのころのことが忘れられない。古墳が多くて、冬田などから弥生式の土器のカケラや黒いサヌカイトの石鏃などが出るので、村の子供たちはいっぱいもっていた。わたしも拾ったり、駄菓子と交換して集めたりしたもので、六年生のころには六畳の間が埋まるくらいもっていました。

「六畳の間が埋まるくらい」というのは、相当な量です。
しかしながらそのような歴史への思いも、青年期に到り、戦争により中断を余儀なくされました。敗戦後、司馬は母の実家に復員してきました。昭和二〇年三月の空襲で大阪の家が焼けてしまっていたためです。竹内は司馬遼太郎にとって、正しく帰りゆく地でした。しかもそれは、彼が少年期から抱いたロマンの世界への帰還でもありました。ここから彼は、さまざまな変転を経ながらも、歴史小説家への道を着々と歩んでいきます。

もう一度、村を貫く竹内街道を逆にたどってみましょう。先にも述べましたが、この道は、河内側に向かうと、峠付近で二上山の山裾を抜け、多くの古墳の点在する近つ飛鳥と河内を通って、難波津に到ります。さらに司馬はこの道が、瀬戸内海や九州を貫いての「大陸への動脈」であったと書いています（前掲「竹内街道」）。このような豊かな歴史風土の間接的影響を、司馬文学の成立条件の一つに想定してみるのは実に楽しいことです。司馬自身も次のように書いています（司馬遼太郎「竹ノ内街道こそ」、『芸術新潮』昭和五一年一一月）。

たとえば長安というだけでも胸がときめくのは、強引な言葉をつかうとすれば、日本人の史的遺伝といっていい。長安は世界都市であり、そこにキリスト教（景教）の白堊の教会さえあり、また傾斜の巷には紅毛の少女が酒を注ぐスタンド・バーさえあった。草深い大和盆地からそこへ行った人々の昂奮が、語りつたえられていまのわれわれにさえ『唐詩選』を読むときにそれがよみがえってくるのだが、長尾の坂の上から竹ノ内を望む私の風景には、その昂揚のたねが、酒精のようにまじっていることだけはたしかである。

大和盆地を望む（2013年6月25日，著者撮影）

少なくとも、一つの固有名であるはずの竹内へのこのような視線は、私のように個人的に関わりを持つ人間以外でも、ここを訪れさえすれば、誰にでも共有できるものだと思われます。司馬の作品を読む読者はまた、作中におけるこのような土地の役割の魅力を見て取るものと想像されます。これこそ、歴史小説に描かれた土地と、読者の現在とを結ぶ大きな太い「街道」といえるのではないでしょうか。司馬はここで、一見すると、極めて私的に自らの故郷について語っています。しかしそれは、「長安」という異国の都市を例に出し、「日本人の史的遺伝」と結び付けていることからもわかるように、自らの故郷賛美に留まるものでは決してないのです。竹内は自分の長安だ、という司馬の言葉は、敷衍すれば、誰もが心に長安を持っている、ということになるわけです。そしてそこに、『唐詩選』に代表される私たちにとっての「文学」が関わっているということなのです。

二、司馬遼太郎の文学

生前編まれた全集が第一期第二期そして最近の第三期を併せて全六八巻（文芸春秋）、そのうち、例えば第三期に含まれましたが、「街道をゆく」シリーズが朝日文芸文庫（朝日新聞社）だけで四三巻。司馬遼太郎の著作は、よくご存じのとおり膨大なものです。平成八年二月に亡くなってから既にかなりの月日が経っていますが、未だに新刊書紹介や文芸雑誌にその名を見ることがあります。

東大阪の自宅横に、司馬遼太郎記念財団により、司馬遼太郎記念館が平成一三年一一月一日に開館しました。自宅書斎もかつてのとおり保存され、司馬の机や寝椅子などが外から見えるようになっています。一方、記念館は安藤忠雄設計で、吹き抜けの高さ一一メートルの壁面に、三四〇〇ほどの書棚で作られた大書架があることでも有名です。二万冊以上の書籍が置かれているそうです。記念館と自宅を含めた総敷地面積が約二〇〇〇平方メートル、六〇〇坪を超える規模です。ここには、自筆原稿や自筆書画、初版本から、作品が載った雑誌、他作家に宛てた書簡などの一次資料に加え、写真なども多く収められています。ホールも設置され、講演会などが行われています。

司馬遼太郎の「歴史小説」は、幕末期を描く「龍馬がゆく」の坂本龍馬や「燃えよ剣」の土方歳三、戦国時代を描く「国盗り物語」の斎藤道三や織田信長、明治期を描く「翔ぶが如く」の西郷隆盛や大久保利通など、そのほとんどに、ある特定の人物に焦点を合わせることで時代全体を浮かび上がらせるという方法が採られています。さらに、時に歴史上それまであまり有名でなかった人物に光が当てられ、歴史の意外な側面が照らし出されることもあります。例えば「峠」の河合継之助や「坂の上の雲」の秋山好古・真之兄弟、「胡蝶の夢」の関寛斎と松本良順などは、これら作品により初めて知った読者も多いはずです。いずれにしても、彼の「歴史小説」にあっては、人が歴史を体現します。

司馬遷を遠く意識したそのペンネームの由来も、ただ歴史家の先蹤として司馬遷が目されたのではなく、その『史記』の紀伝体のスタイルが一つの範となったためと思われます。歴史記述には編年体と記伝体の二種がありますが、編年体が時間軸に沿って客観的な記述に傾くのに対し、紀伝体は人物像をクローズアップして生き生きした歴史を描くのに適しているとされます。司馬が描く坂本龍馬や斎藤道三は、編年体に羅列される人物群像の一人ではなく、それぞれが正しく列伝の英雄たちなのです。

司馬は、歴史上の人物に対しても、その像を真摯に見据えると、人間であれば必ず共通する本質が見えてくるとしてその行動解読を試みます。この見方を始め、彼の歴史観は「司馬史観」と呼ばれ、独特のものとされています。その視線は、遠く平安期の空海（「空海の風景」）から現代の正岡子規の養子忠三郎（「ひとびとの跫音」）まで、均等に向けられています。

そして、その透徹した歴史観をもって把捉したそれぞれの時代を映す際に用いた表現を盛る器が、「小説」でした。これについて、全集第二期配本時の解説を担当した谷沢永一は次のように述べています（谷沢永一「智に生きる者の宿命『播磨灘物語』」、『円熟期司馬遼太郎エッセンス』所収、文芸春秋、昭和六〇年三月）。

一刀両断の解明が所詮は至難である事柄の性質上、司馬遼太郎はモラリストの観点に身を置いて、小説という自在の形式を選んだ。

考えてみれば、どれだけ詳しい歴史書にも、伝記にも、すべての事実が書かれているわけではありません。空海が普段どのような会話を他と交わしていたのかについては、全く不明といっても過言ではありません。これは空海のみならず、現代の人間についても同様です。西郷隆盛と大久保利通の若い頃の日常会話など、どこにも残っていません。

しかし、ずっと黙っていたわけでもないでしょう。何らかの会話があったことは想像できますが、それがどのようなものであったのかは不明なのです。この溝を埋めるのが、想像力であり、それに基づいた「小説」というスタイルというわけなのです。想像するからといって、実際の西郷隆盛からあまりにかけ離れた会話を想定するのは、西郷隆盛への冒瀆であり、歴史への冒瀆です。そこで、「モラリストの観点に身を置いて」書いたのだ、ということを、谷沢は簡潔に解説したのです。

「街道をゆく」シリーズの「竹内街道」にもう一度戻りましょう。この文章は、竹内村ではなく、三輪周辺から語り起こされています。難波と飛鳥を結ぶとされる竹内街道の東端をどこかに決めるのは難しく、起点は厳密にはよくわかっていません。竹内から三輪まではほぼ東西にまっすぐの道で、ちょうど大神神社のあたりから山辺（やまのべ）の道が北上しているために、鍵型に道を繋げる発想から、司馬たちは、「街道をゆく」シリーズの取材のために、この三輪から、西に向かうという行路を採ったようです。そしてその行程は、大和の西端の竹内村、すなわち司馬の故郷にたどり着くという形で終わっています。

ところで、「竹内街道」の中に、母方の外祖母について次のように書かれています。

> イワクラはイワサカともいう。私の外祖母は大和北葛城郡竹内の人で、私は子供心にこんな賢いひとはないと思っていたが、それでも彼女は、地面からわずかに露呈している岩（ゴロンと地上にこ

ろがっている岩でなく）をみると、

「またぎなや（またいではいけないよ）」

と、おごそかに警告した。万一神が宿っているかもしれないことを畏れたにちがいない。


ここで注意深いことは、「竹内街道」において、古代に思いを馳せる際の視線に、常にこのように、司馬の幼児から青年期にかけての記憶が伴っているという点です。これは、「実感的歴史観」といってもよいと思われます。司馬はこのようにして、自らの故郷と、自らの歴史小説という仕事や歴史観とを、意識の上でも結び付けていたわけです。ここに、私が、司馬の文学と、この竹内という場所、土地とを、深く結び付けて考えようとする第一の根拠があります。それは、いわば司馬の歴史小説の故郷でもあったのです。

おわりに

司馬遼太郎は、人物像を描くに際し、しばしばその人物を生み育てた土地の特徴にも着目します。「街道をゆく」などはその土地への興味だけを集めた、小説作法の裏返しの産物とも見ることができます。同様に私たちも、司馬遼太郎自身について、その文学を生んだ風土には大いに興味をそそられます。ところが、作品に描かれた土地を思い浮かべることは、作品の人物を思い浮かべることに比して、さほど易しくはありません。人物像というものに対しては、私たちは、かなり自由に想像力を働かせます。しかし、土地に関しては、そのイメージするところは、体験による個人差の関与が大きいのではないでしょうか。

日本の文学作品のうち、特に近代から現代にかけての作品は、主に人物描写に重点を置いて書かれてきたものと考えられます。個人の内面が描かれるのが文学でした。いわゆる純文学と呼ばれる作品の主人公たちは、そのほとんどが悩める男たちでした。これについては、小谷野敦が『もてない男』（筑摩書房、平成一一年一月、ちくま新書）というエッセイを書いています。しかし、司馬遼太郎の主人公たちはやや違っています。内面だけでなく、広く社会の中、時代の中に生きていました。そのために、時代を彩る空気の一つとして、ある土地が醸し出す雰囲気をも重視してきたものと思われます。

文学を読む際に、このことはもっと意識されるべきだと思われます。文学は、想像力によって、より豊かに読まれるはずです。その際、土地をイメージする訓練をすることが、一つの効果的な作品享受の方法だと思われるのです。

第二章

大坂から大和「新ノ口村（にのくち）」へ——近松門左衛門『冥途の飛脚』

はじめに

今回は、近代からやや時間を遡り、近松門左衛門の義太夫浄瑠璃の名作『冥途の飛脚』の「新ノ口村」と、歌舞伎十八番の一つである、『鳴神』という二つの芝居を話題の中心に据えて、江戸時代の大和のイメージについて考えてみたいと思います。

と申しますのも、大和における文学イメージは、どうしても古代の都としての印象が強く、それ以降の各時代は、どこか時代に取り残されたようなイメージを感じさせることが往々にあるようだからです。いうまでもありませんが、この土地の人々も、進みゆく時代とともに生き続けていたわけですから、それぞれの時代における別の姿をも持っているはずです。当然それは、同時代の文学にも反映します。ここでは江戸期における大和のイメージを確認してみることで、大和の土地の持つ雰囲気の重層性について、考えてみたいと思います。

松尾芭蕉もまた、二上山の麓、竹内村にやってきたことがありました。『野ざらし紀行』、別名『甲子吟行』にその際の記事が載せられています。この吟行には、竹内村出身の門人苗村千里が同行しました。この時の紀行文にはもともと芭蕉が名付けた題がなく、また後に『奥の細道』で大成されるような紀行の形式も未だ整っていないものとされていますが、その分、素朴な土地の印象が詠まれ、また書き留められていて、実に興味深いものがあります。

> 大和の国に行脚して、葛下(かつげ)の郡竹の内と云処は彼ちりが旧里なれば、日ごろとゞまりて足を休む。
>
> わた弓や琵琶になぐさむ竹のおく
>
> 二上山當麻寺に詣でゝ、庭上の松をみるに、凡千とせもへたるならむ。大イサ牛をかくす共云べけむ。かれ非情といへども、仏縁にひかれて、斧斤(ふきん)の罪をまぬかれたるぞ幸にしてたつとし。
>
> 僧朝顔幾死かへる法の松（ルビは引用者による。以下、特に註記がない場合は同様）

この文章だけでは、芭蕉がこの土地に具体的にどのような印象を持っていたのかは、必ずしも明ら

苗村千里の墓とされるもの。「又損大居士」の字が微かに見える（2018年3月18日，著者撮影）

かではありません。この例のように、文献によって土地のイメージを把握することは実際にはかなり難しいものです。ましてや、そこに一般的な江戸期の大和イメージを見て取ることは、至難の業としかいいようがありません。しかし、その一方で、このように記録が残されていることもまた稀少です。このほんの少しの情報を手がかりに、江戸期の大和イメージに少しでも近付いてみたいのです。

千里は、別号を又損とも号して、享保元（一七一六）年七月一八日に七二歳で亡くなりました。竹内の共同墓地には、その墓碑があります。

千里の生家については、植西耕一『文学探究　奈良大和路』（奈良新聞社、平成元年一〇

竹内街道綿弓広場（2018年3月18日，著者撮影）

月）に、「竹内の庄屋油屋喜衛門」とあります。この家の末裔も、同書によると、「庄屋油屋の後裔は橋本勇・賢一氏で、古道の上の方の北側に今、新建ちの家がある」とされています。

また、綿弓の碑には、「綿弓や琵琶に慰む竹の奥」の芭蕉の句と、「文化六年十月高田紅園愚口建之」の文字が彫られています。文化六年は一八〇九年です。しかし、既にその経緯は極めて曖昧です。この小冊子からですら、まだまだ江戸期の大和イメージは明らかではありません。第一、綿弓が何なのかが、ここにも触れられていません。

つい最近になって、綿弓塚が移築され、綿弓広場として整備されました。河村千代子さんの旧宅を当時の當麻町（現葛城市）が買い取り、その建物を休憩所とし、裏に碑と庭を整備したものです。今は亡き隣家の郷土史家土橋敬二氏の話によると、綿を皮から分ける農具が、綿弓で、やはり弓のような音がしたとのことです。これは、土地の古老などの話から推察が進んだもののようです。未だに歴史は口述ばかりで、記述されていないものだらけなのです。なお、この綿弓については、前掲の『文学探究　奈良大和路』にも記述が見えます。

このような土地の実感をできるだけ多く再現し、積み重ねることで、ようやくその土地の真のイメージに近付くことが可能となります。少しでも当時の雰囲気を味わうためには、残されたものから、パズルを解くように類推し、想像力を持って補完していかなければなりません。

一、『冥途の飛脚』の「新ノ口村」

『冥途の飛脚』の主人公亀屋忠兵衛は、上之巻「淡路町亀屋の段」冒頭において、「今年二十の上はまだ四年以前に大和より、敷銀持つて養子分」と紹介されますように、持参金を持って二〇の歳に大坂に跡取り養子に入った男です。亀屋は飛脚宿で、為替の扱いなど大金のやり取りにも携わっています。この忠兵衛が、後に、大坂新町遊廓の遊女梅川と馴染みになり、男の見栄から、中之巻「新町越後屋の段」の切場、通称「封印切」で、見栄と短気のために、切ってはいけない堂島のお屋敷の預かり金の封印を切り、その預かり物の金で、梅川を身請けしてしまいます。そうして、追っ手がかかり、下之巻「新口村の段」に描かれるように、大坂から大和の国に二人して逃げてくるわけです。

心中物にはつきものの「道行」が、この浄瑠璃にも用意されています。それは、「道行相合駕籠」というもので、落ちてゆく二人の正しく「道行」の経路が語られます。詞章には、大坂から大和に到る地名が詠み込まれています。

　二人が涙、こぼれ口（略）霰（あられ）、交りに吹く木の葉ひらり、ひら野に行きかゝり（略）すじりもぢりて藤井寺（略）こひはこん田の八幡に、起請、誓詞の筆の罰（略）行く姿。泣くか笑ふか、富田林の群烏、せめて一夜の心なく、咎（とが）むる声のたかま山、あの葛城の神ならで、昼の通ひ路つゝましく、身を忍ぶ道、恋の道、我、から狭き浮世の道、竹の内（ママ）峠袖濡れて、岩屋越えとて石道や、野越え、山くれ、里々越えて、行くは恋故

現在の近鉄南大阪線沿線の「河堀口（こぼれぐち）」「平野」「藤井寺」「誉田（こんだ）」「富田林」「高天山」などの地名が見えます。

二人はこのようなおおよその道筋で、大和にたどり着きます。ところが、いきなり生まれ在所の新口村へ向かうわけではありません。親にも合わす顔がないからです。二人は、路銀が尽きるまで、次

のように過ごします。

　奈良の旅籠屋、三輪の茶屋、五日、三日、夜を明し、二十日あまりに、四十両、使ひ果して二分残る。かねもかすむや初瀬山、余所に見捨てて親里の、新口村に着きけるが、

　このうち、「二十日あまりに、四十両、使ひ果して二分残る」の箇所は、今でも、大夫（たゆう）に、「待ってました」の声がかかるところなので、ご存じの方も多いでしょう。

　ここで忠兵衛は、父孫右衛門と再会するわけですが、この父は、田地もかなり持っている、なかなかの大百姓であるように描かれています。そのような親が、大事の息子を大坂へ養子に出したことはやや不可解ですが、これについては「子細あつて久離切り」と語られています。忠兵衛の母が亡くなり、孫右衛門が後妻を迎えると継母となるので、もしや放蕩でもすることになっては、と、親孫右衛門が思案して養子に出したということらしいのです。このようなわけで、孫右衛門は、とにかく忠兵衛が可愛い。そこで、二人をそっと、御所（ごせ）街道の方面へと落とします。ただし、登場人物にも、また観客にも、やがて捕まることは時間の問題とわかっています。

　さて、ざっとこのような悲劇ですが、ここには、大坂という繁華街と、そこに養子を出した、大和

の田舎という対比の構造が見られます。昔から大坂はいうまでもなく大都会でした。これに対し、山を一つ越えただけの大和地方は、労働力の供給源でもあったでしょうし、大坂とは、何かと深い繋がりがあったものと見えます。この浄瑠璃に描かれた養子縁組をも含め、さまざまの縁組も行われてきました。

江戸時代の新口などの村は、田舎ではありますが、その一方で、大坂という大都市の近郊でもあったわけです。この大和の地理的条件の二重性は、江戸期の文学に直接的に反映しています。吉野の奥まで行けば大坂との関係も希薄でしょうが、奈良市など北部とは、大都市の近郊地という性格の面で共通します。むしろこの新口などの中部は、竹内越えという古代からのルートの存在も手伝って、大坂により近い土地であったといえるかもしれません。

このことについては、これも芭蕉や近松と同時代人である井原西鶴が、『日本永代蔵』巻一で、大坂の成功者の多くについて、「これ皆、大和・河内・津の国・和泉近在の物つくりせし人の子供、惣領残して末々をでつち奉公に遣はし置き」、育て上げた者たちであると書くとおりです。

二、久米仙人と『鳴神』の世界

さて、橿原近辺にはもう一つ、芝居の世界と関係の深い場所があります。久米寺です。ここは久米仙人ゆかりの地ですが、歌舞伎十八番に数えられる『鳴神』という芝居の鳴神上人は、インドから伝わった話を伝える中世説話から作られた能の「一角仙人」をさらに書き換えたものとされますが、『今昔物語集』には、「一角仙人」と「久米仙人」が、ともに女色に迷って通力を失う仙人の話として収録されています。すべて同系の物語と考えられます。

久米仙人とは、『今昔物語』などに書かれている伝説中の人物で、もともとは吉野の龍門寺の僧であった久米という者が、空中飛行の術の修業を行っていた途中に、川のほとりで若い女性が衣を洗っている際に、白い足が見え、そのために神通力がたちまちに失われて落下し、その女性を妻としたという伝説の主人公です。このような人物の建立とすることは、寺としても、あまり歓迎されることではないものと思われます。寺伝によると、この寺の創建については諸説あり、一つとして、推古天皇の御代に、聖徳太子の御弟である来目皇子の祈願によって創建されたものともされているようです。この方が、寺伝としては誇れるものといえましょう。ただし、堕落した久米仙人が夫役に出ることになった際に、昔の仙術の名残りで材木を飛ばすことができ、そのために恩賞を得てこの地に寺を創建したという説もあり、これならばまだ納得もできるものと思われます。いずれにせよゆかりはあったものと見えて、観音堂には久米仙人の像が安置されています。また、いかにも芝居の『鳴神』に出てくるようなお堂も、見えています。

このように、僧や聖者でありながら堕落するという話は、古今東西実に多いようで、類型ができ上がっていたものと思われます。このような人間味のある仙人などの伝説の方が、庶民感覚に訴えるものが大きかったためでしょう。さらにこのような伝説が、歌舞伎などに移入されて、長い間演目として続くためにも、庶民層がこれを強く支持する必要があったものと考えられます。芝居などが伝承されていくということの背景には、ただその芝居脚本が優れているというだけでは説明できないからくりが想定できるわけです。

芝居などにおいては、しばしば荒唐無稽な事件が起こり、それについては、お芝居だから、という説明がなされてきました。確かにこれは正しい物言いなのでしょうが、ここで、お芝居や文芸について、なぜそのようなものばかりが残ったのか、という設問を立てることも可能です。

久米仙人がいたかどうかはもちろん不明です。通常は、空飛ぶような久米仙人の存在は想定できません。しかしながら、久米仙人の伝説が残ったことは事実です。そこには、観客や聞き手の願望が強く働いているものと考えられます。要するに、観客にとっては、仙術をマスターした、悟りすました仙人像より、女性の足を見て堕落するような仙人像の方が、とにかく魅力的であったわけです。これが伝説の一つのからくりです。

ところで、岩波書店「日本古典文学大系」の『歌舞伎十八番集』に採用されたテクストである、

「迷雲色鳴神」の、鳴神上人を誑(たぶら)かす役目の女性は、「當麻姫」と表記されています。『雷神不動北山桜』という名題がおそらく最も著名なもので、これを始めとする現行の諸本では、「雲の絶間姫」と書くのが通常です。「當麻姫」という表記には、何らかの形での當麻寺と久米寺双方への古くからの関わりが想定されます。

　ここにも、あるいは伝説のからくりがあるかもしれません。それは、同じ、ないしごく近い土地に関わるあらゆる有名人を、関係付けていきたいと考える欲望の存在です。私たちには、二つ以上の事柄が別々に登場してきても、何らかの脈絡をもって結び付け、そのことによって理解したいという願望があるようです。江戸時代においては特にその傾向が強かったようです。身分差が大きかった江戸庶民にとっては、例えば武士や貴族の世界などは馴染みの薄いものであったでしょう。しかし、歌舞伎などのジャンルの多くが、その不利な条件を克服すべく、多くの武家や貴族を登場させてきます。さらに、それらの人物を身近な存在と感じさせるために、「何何実は何何」という見立てのパターンで処理するわけです。例えば、『義経千本桜』の鮓屋には、弥助という男が働いています。彼は、後に平維盛(これもり)であることが明らかになります。このような見立ては、距離がある存在を一挙に逆転したり結び付けたりし、大きなエネルギーを作品内に注入するため、読者はこれを楽しむことができるわけです。名もない鮓屋の雇い人の活躍と、平維盛がこの地に所縁があったという事実の二つが結び付けられて一つの伝説を形成する時、その伝説は、強く聞き手を魅了するものと考えられるわけです。

このようなからくりにより、伝説は補強されて次の時代へと受け継がれていきます。歌舞伎狂言や文学もまた、その伝達者の役割を果たすものと考えられます。

おわりに

この他にも、大和に関して、例えば當麻寺に伝わる中将姫伝説をもとにした芝居などがいくつかあります。例えば、『鶊山（ひばり）姫捨松』、通称「中将姫」がその代表です。藤原南家という名家に、父豊成の娘として生まれた中将姫は、しかしながら最初継母にいじめられ、雲雀山というところに置き去りにされたことがあることや、後に発心して、父の菩提のために蓮の糸で曼陀羅を織り上げたことなど、さまざまな伝説を持つ存在です。これらの伝説をもとに仕組まれた芝居がこの作品です。雪中での折檻のシーンなどが有名です。ちなみに當麻寺はもちろんですが、近くの石光寺もまた、中将姫伝説でよく知られています。

現在、このひばり山を場所特定するに二説あり、一説は宇陀の日張山成就院青蓮寺（せいれんじ）で、もう一つは、和歌山有田市の雲雀山です。例えば巌谷小波の「日本昔噺」第廿壹編『雲雀山』（博文館、明治二九年一月）には「紀伊国の雲雀山へ連れて行て、殺してしまへ」と書かれています。一方、宇陀の日張山

青蓮寺山門（2019年3月20日，著者撮影）

成就院青蓮寺は尼寺で、中将姫を助けた松井嘉藤太の妻静野が最初の住職とされます。国立劇場調査養成部芸能調査室編「国立劇場上演資料集」三二一『摂州合邦辻・鶊山姫捨松・団子売』（日本芸術文化振興会、平成三年一二月）に収められた、湯川春洋・吉永孝雄「鶊山姫捨松（解説と梗概）」に、切場の「鶊山隠れ家の段」の詞章として、「宇田山。里に。足とめず」が紹介されるとおり、こちらは宇田（宇陀）のあたりが舞台となっています。現在の堀切康洋住職によると、都から適度に離れたこの環境に暮らしてみると中将姫が後に出家を望んだこともよく理解できるとのことです。

このように、伝説の土地として大和のイメージが伝承されていくことと、最初に見たような、江戸期独特の、都市の近郊地としての書かれ方とは、やはり相違しているはずです。ここに、大和を描くという文学行為の二重性を認めることも可能でしょう。大和は一般に、古代を引き摺る歴史の場でありながら、一方でやはり発展し続ける一地方都市でもあります。近郊地の発想は、言い換えれば、大坂など都会の衛星都市として捉えられる場合のことであり、この意味において、大坂という都会を中心とする、ある圏に所属している土地であるといえます。これに対し、古代以来の大和という発想は、この土地を特権化します。この両者を結び付けるのが、江戸時代の文学精神であった、見立てであると考えられるわけです。

少し理窟っぽくなりましたが、要するに、江戸期において、ようやく大和のイメージは、現実と伝説の分化を始めたということです。

私たちは、どのような土地についても、その歴史的な意味と、土地の実感、現在におけるリアリティーとを分けて考えてみるべきだと思われます。今ある土地は、過去を引き摺ってはいますが、過去そのものではないわけです。常に成長している。そこで、土地に潜む二重性を読み取り暴くこと。このことが、私たちの土地への視線をより積極的なものにしてくれるはずです。

第三章

近代における「大和」の再発見——和辻哲郎『古寺巡礼』その他

はじめに——近代の「再発見」

近代において、哲学者や文学者たちが、この大和地方を旅行し、ある感銘を受け、大和という土地の魅力を「再発見」した三つの書物があります。

まずこの「再発見」という言葉から話を始めます。例えば、この大和の風景は、もちろん、太古から続いてここに存在してきました。そこに住む多くの人々は、発見も再発見もなく、ただそこに暮らしているわけですから、何も意識せずにこれを日々眺めていました。しかしながらそのように日常的に眺めているだけでは見えないものが、風景にはあります。風景とは、そこにある物自体に備わっているのではなく、むしろ、見る側の視点により変化します。このことを哲学的な見地から述べたのが、柄谷行人（一九四一年〜）という評論家です。彼は、「風景」も「自然」も「内面」も、すべて近代以降に発見されたものだといいます。これは例えば、二上山を見ることができるのは、既に私たちが二上山の姿を知っているからで、近代以降の認識とは、全ての風景が初めてのものではない、ということも意味します。

話は飛びますが、こんな話があります。『源氏物語』の主人公は誰か、という問いで、私たち近代人は皆、何の疑問もなく、「光源氏」と答えます。この時、実は大きな「再発見」があるわけです。何も、薫大将や匂宮が主人公だというような話ではありません。問題は、主人公という概念です。これは、近代以降、具体的には、坪内逍遥などが用い始めた概念で、それまでの日本にはこの概念はありませんでした。したがって、当然『源氏物語』には、主人公として書かれた人物はいません。概念がないのですから。私たちは近代からこの作品を振り返って初めて、それを主人公と仮に呼んでいるだけなのです。この概念が古くなれば、いつかは主人公という言葉もなくなるかもしれないのです。

この章では、既に古都であり、人々が振り返ることもなく忘れ去ってしまった大和が、いくつかの書物に影響され、触発されて、人々が再び特別の地として意識されるようになった、その過程について述べます。

大和は、古都であることから、この土地に住む人々以外にも、大きな意味での「故郷」と考えられる要素を持ちます。日本人なら、たとえ東北や九州に住んでいても、昔、飛鳥の都や平城京などのあった大和を、自らの「故郷」と偲ぶことができるわけです。しかしその営為は、自らが、その「故郷」に思いをめぐらそうとして初めて実現されるものです。

本章に扱う、千年も続く古都の建造物の魅力や文化に取りつかれた三人の哲学者や文学者は、いわば私たちを、風景の再発見に導く案内人なのです。

一、和辻哲郎『古寺巡礼』の世界

まず、和辻哲郎の『古寺巡礼』から見ていきたいと思います。この書は、大正八年五月に、岩波書店から初版が出されたもので、その一年前、すなわち大正七年の五月に、和辻が二、三の友人たちとともに奈良の古寺を訪れ、その印象を比較的自由に述べた書です。和辻は明治二二年生まれで、当時二九歳の若さでした。後の昭和二二年三月に改訂版が出されましたが、基本的な印象の部分は改められませんでした。有名な漱石山脈の一人で、その漱石に弟子入りしたのは、大正二年のこととされていますが、大正五年にはその漱石が亡くなっていますので、和辻自身はいよいよ自立すべき時期にあったといえます。

さて、この書は、全二四章で構成されていますが、最初の四章には、プロローグとして、アヂャンター壁画や、ペルシア使臣の画など、またガンダーラの仏頭など、インドや西域の文化についての感想が書かれ、これと奈良時代の文化との交流について示唆します。続いて、古寺巡礼の様子が書き綴られていきます。作中には「ホテル」としか書かれていませんが、おそらく奈良ホテルに宿を定め、そこからさまざまな古寺を散策したようです。

奈良ホテルの位置のせいもあって、寺の訪問記はまず、新薬師寺から始められます。そして浄瑠璃寺、東大寺戒壇院および三月堂、奈良帝室博物館（現在の奈良国立博物館）、法華寺などについての記述が続き、やがて西の京に話題は移り、唐招提寺と薬師寺の訪問記が続きます。その間にも、唐および西域との交流についての自由な想像が語られています。

さらに、當麻を訪れ、また久米寺および明日香の岡寺、藤原京跡、三輪山への、いわば小旅行が語られます。再び東大寺に話題がいったん戻りますが、その後、さらに斑鳩法隆寺へと話題は続いていきます。そして、中宮寺で「巡礼」は閉じられます。

こう概観しますと、いかにも、型通り奈良の名寺を順に廻った印象記のように見えるかもしれません。しかし私はこの書に、特徴的なある方向性があると考えています。それは、仏像および仏教を扱うに際してはやや不謹慎な見方かもしれませんが、和辻の視線が仏教と女性性の関係の問題を如実に捉えていたという仮定からくる、いわばば宗教のエロティシズムとでもいうべき問題に関わります。

法隆寺中門と五重塔（2019年10月23日，著者撮影）

まず、この書のプロローグとも呼ぶべき冒頭数章において、次のような問題が提出されます。それは、「あのやうな画がどうして宗教画として必要であつたのであらうか」という問題です。「あのやうな」とは、例えばアヂャンター壁画の「天人や菩薩として現はされた女の顔や体の描き方、或は恋愛の場面などに描かれた蠱惑的な女の描き方」についてです。和辻はこれを、次のように見ます。

寧ろ男性に対して存在する女性を、誘惑の原理としての女性を、——たゞそれだけを女体に認める人が、自分の美しいと感ずる部分を強調して描き出したやうに思はれる。このことは特に天人や、恋愛する女や、物語の図に現はれる女などに著しい。あの高くもり上つた乳房や、太い腰部の描き方を見た人は、恐らく何人もこの見解に反対しまいと思ふ。そこに現はされたのは、（略）直ちに触覚に迫つて来る肌の柔らかさや肉のふくらみの感じである。――このやうな画がどうして仏徒の礼拝堂や住居などの壁に画かれなくてはならなかつたのか。官能の享楽を捨離して、山中の僧院に真理と解脱とを追究する出家者が、何故に日夜この種の画に親しまなくてはならなかつたのか。

この問題は、いわば仏教における女性という問題をいかにも直截的に言い換えたものといえます。このような問題意識の延長として、和辻は、奈良の諸寺の仏像についても、女性性というキーワードで括れるような性格を見出していったのではないでしょうか。

例えばまず和辻は、奈良帝室博物館の「推古天平室」において、観音像の多さに思いを馳せます。そこには、「聖林寺観音の左右には大安寺の不空羂索観音や楊柳観音が立つてゐる。それと背中合せにわが百済観音が、縹渺たる雰囲気を漂はして佇む」というような豪華な展示があったわけですが、問題は、なぜ観音をこれほどもこの時代の人々が好んだのか、という点にあります。観音像は、わりと小仏像が多く、動かしやすいためだという説もありますが、やはりそれだけでは不十分なように思われます。現代に生きる私たちもまた、仏像の中で、観音に身近さを感じているのではないでしょうか。

この観音信仰を、和辻は、「聖母崇拝と似たところがないでもない」と述べます。つまり、観音像に、女性性を見る伝統が存在することを喝破するわけです。観音像に女性的な視線を向けること自体は、もはや私たちには常識かもしれません。しかし、それを殊更に女性の肉体性に結び付ける和辻の視線は、かなり執拗なものです。

大安寺の女らしい十一面観音は、(略)その肢体はかなり写実的な女の体に出来てゐる。胸部と腰部とに於て殊に著しい。そこには肉体に対する注意が漸く独立して現はれて来たことを思はせるものがある。観音らしい威厳はないが、ヴィナス風の美しさは認められる。この像から頭部と手とをきり離して、たゞ一つの女体の像として見るならば、大安寺の他の諸像よりは遥かに強い魅力を感ぜしめるであらう。

繰り返しになりますが、これは考えようによってはかなり不謹慎な見方です。

また和辻は、法華寺の「カラ風呂」を見て、光明皇后の施浴の伝説を連想します。千人の垢を流す誓いを立てられた皇后が、千人目に出会ったのが、皮膚の崩れかかった疥癩患者で、さらに病人は、垢を落とすのみならず、皇后に膿を吸って欲しいというので、皇后が吸うと、その病人は阿閦(あしゅく)仏であった、という伝説です。また光明皇后についてはこの他にも、北天竺乾陀羅国の見生王が生身の観世音を拝みたいと発願されたところ、「大日本国聖武王の正后光明女の形」がそうであるというお告げを受け、工巧師つまり彫刻家のことですが、文答師（問答師とも書かれる）という人物を派遣し、彼が光明皇后をモデルとして三体の十一面観音像を制作した、というような伝説です。これについては第九章でも詳しく述べます。光明皇后をめぐるこれら二つの伝説をこの書に取り込んだ和辻は、やはりそこに、仏教と女性性の問題を見据えていたのでしょう。

薬師寺を訪れた際にも、例の東塔について、「その水煙に透し彫られてゐる天人がまた言語に絶して美しい。真逆様に身を翻した半裸の女体の、微妙なふくよかな肉づけ、美しい柔かなうねり方。その円々とした、しかも細やかな腰や大腿にまとふ薄い衣の、柔艶を極めたなびき方」と敢えて強調して述べています。もっとも、あの塔の上の水煙の天人像は、和辻もいうとおり、双眼鏡で見てもこのようにはっきりとは見えないことと思われます。ここには、石膏の模作を通しての、和辻の想像が語られているものと思われます。

さらに、薬師寺のうちでは、例の吉祥天女の画像についても、触れています。例の如く、「その衣の薄さや柔かさに至るまで遺憾なく表現し得たといってよい。特に柔かい肩のあたりの薄い纏衣などはその紗でもあるらしい布地の感じとともに中につゝんだ女の肉体の感じをも現はしてゐる」と書かれているのです。

當麻については、例の中将姫の話が語られます。さらに、三輪山への途中、天理教の本場である丹波市、今の天理市を通った際の感想としては、「あの狂熱的なおみき婆さんが三輪山に近いこの地から出たことは、古代の伝説に著しい女の狂信者の伝統を思はせて少なからず興味を刺戟する。確かにおみき婆さんの宗教は、日本人の宗教的素質を考へる上に、見のがしてはならないものである」と天理教の教祖中山みきについてまで述べられています。

以上のことから、和辻が述べようとしてきたことは、宗教の背景にある、日本人の心性の特徴であったように思われます。彼は、その知人のある研究の結論を借りて、「日本人は堕落し易い」という言葉を書き付けます。日本における宗教は、堕落と近接していたからこそ、常に女性性の問題とも繋がっていたというわけです。この見方については、今は結論は出せませんが、少なくとも、ある一貫性を備えていることは確かだといえるでしょう。ある理論に必要なことは、事の当否であるのと同時に、その理論の一貫性なのです。そこに一つの歴史への視線の角度が確定されるわけです。その意味で、この書が、中宮寺の記述で終わっていることは、いかにも象徴的であるといえるかもしれません。誰しもこの尼寺のあの美しい半跏思惟像に女性性を認めることに反論はないと思われるからです。

考えてみれば、仏像をこのような空想の下に置いてみるということは、それを美術品として見ること以上に、さらに近代的な見方なのかもしれません。エロティシズムをエロティシズムと認識する前に、自然に官能的に見ていた時代があったはずです。奈良は、その古代感覚とでもいうべきものを、垣間見させてくれる土地といえるかもしれません。

二、亀井勝一郎『大和古寺風物誌』

次に、亀井勝一郎の『大和古寺風物誌』についてお話ししたいと思います。この書は、あたかも和辻の『古寺巡礼』が斑鳩の里で閉じられたことを受けるように、「斑鳩宮」の章から語り始められています。そして、やはり同じような奈良の寺々を巡った巡礼記とも呼べるものです。ちなみにこの書は最初、昭和一八年四月に、奈良県の天理時報社から出されました。亀井勝一郎は昭和一二年一〇月に、初めて奈良に遊んで以来、毎年のように奈良を訪れるようになります。亀井は明治四〇年生まれですので、この年三〇歳、和辻とほぼ同じ年齢時に初めての奈良行を体験したこととなります。

さて、この書の構成は、次のようなものとなっています。まず「斑鳩宮」の章に続き、法隆寺、中宮寺、法輪寺、薬師寺、唐招提寺、東大寺、新薬師寺の七つの代表的な寺が各章として扱われます。お気付きのとおり、和辻の『古寺巡礼』は、新薬師寺から記述が始まっていました。ちょうど行程を反転させた形となっているわけです。

さらに、ここには明らかなる特徴を見ることができます。それは、法隆寺と中宮寺、および法輪寺という、七つの寺のうち三つが斑鳩の里のものであることから、記述が斑鳩に偏っているという特色です。これには理由が明らかです。それは、この書を著すにあたって、亀井の聖徳太子への賛美のトーンが基調となっているからです。

昭和一九年の初夏から終戦の日まで、亀井は聖徳太子伝を書いていました。戦時中、いつ死ぬかわからない状況下で、いわば「遺言」を書くような気持ちで、歴史上最も敬愛する人物である太子の伝記を書くことで、この時期の精神的危機を脱しようとしていたわけです。なおこの太子伝は、戦後の昭和二一年五月に、創元社から、『聖徳太子』として出版されています。「斑鳩宮」の章の中の『改訂増補大和古寺風物誌』（養徳社、昭和二一年一月）に加えられた「書簡」において、亀井は次のように述べます。

太子の御生涯を書き終へた後の僕の感想を端的に云ふならば、恐しいの一語につきる。恐怖の念は今もなほつゞいてゐる。僕は太子の御生涯に何の解決も悟りも求めなかつた。たゞ悲劇に堪へ給ふた姿だけを出来るかぎり如実に描きたいと念じたのである。「悲劇からの誕生」といふ言葉を借りるならば、太子の御信仰とはまさにそれであつた。のみならずこの時代前後の　至尊の博大な御信仰は、すべて偉大な悲劇を母胎としてゐることを改めて痛感したのである。

この言に窺えるように、亀井の著述は、天皇へのいわば信仰と、仏教の信仰との交錯を扱います。この『大和古寺風物誌』にも、その萌芽は十分に認めることができます。またそこには、戦前は左翼活動から右翼に批判され、転向した後、今度は「日本浪曼派」に参加し、戦後にかけては、今度は天皇制を強く支持したがために左翼から批判されるという、政治的に常に批判の視線を浴びてきた亀井の思想の理解の困難さが影響していることも指摘することができましょう。しかしその問題は今はさて置き、彼の信仰について、ここで虚心に耳を傾けてみると、ある一つの主張が明らかになります。それは、政治性を抜きにした上でも残ると思われる、日本という国家の問題です。先にも触れた「斑鳩宮」の章の「書簡」の中で、大和の在り方について亀井は次のように述べます。もちろん、敗戦後の言葉です。

観光地として繁栄する平和の日などは軽蔑したまへ。日本を世界に冠絶する美の国、信仰の国たらしめたい。そのためにはどんな峻厳な精神の訓練にも堪へねばならぬと僕は思つてゐる。一切を失つた今、これだけが僕らの希望であり、生きる道となつた。さういふ厳しい心と、それに伴ふ生々した表情を古都にみなぎらすことが大事だ。か丶る再生が日本人に可能かどうか、大なる希望と深い危惧の念をもつて僕はいまの祖国を眺める。

戦後のある決意を感じさせるこの文章は、しかしながら漠然としていてややわかりにくいものです。彼は大和を、具体的にどのように捉えていたのでしょうか。

その一つのヒントは、次の文章にあると思われます。これも「斑鳩宮」の「書簡」からです。

僕は近頃、博物館について益々疑惑を抱くやうになつた。便利といへばこれほど便利なものはない。僅かの時間で僕らは尊い遺品の数々に接することが出来る。しかし僕らは博物館の中で、何かしら不幸ではないか。（略）古仏が本来その在るべき仏殿から離れて、美術品としてガラスのケースに幽閉された時の淋しさはむろんある。だがケースに陳列してそれほど不自然にみえない筈の工芸品にしても、博物館にあると急に白々しくなる。この空虚とは何か。淋しさとは何か。僕は近頃になつて、それが愛情の分散であることにはつきり思い当つた。つまり博物館とは、愛情の分散を強ひるやうにつくられた近代の不幸なのではなからうか。

和辻の『古寺巡礼』は、正しく、「古仏が本来その在るべき仏殿から離れて、美術品としてガラスのケースに幽閉された時の淋しさ」を取り戻すべく、いわば古代の信仰の再発見を目指したものであったと考えられます。これに対し亀井は、さらに「愛情」という概念を加えます。その愛情とはおそらく敬愛の一部です。別の箇所で「古人の太子奉讃は、感謝に始つて帰依に終つてゐるが、僕らの太子奉讃は、研究に始つて教養に終る」とも述べています。これは、概ねは和辻の態度と同様ですが、和辻が例えば仏像を美術品として見る視線が始まってからまだ近い時期にいたのに対し、それがある程度常識化した時期に居合わせ、同じように教養として仏像を見始めた亀井は、やがてその誤解へ気付くことから、信仰のさらなる強調へと向かったものと思われるわけです。そしてその態度は、ついに、信仰をも突き抜けます。初版の「法隆寺」の章で、早くも次のように述べています。

信仰が、この美しい古典の地に遊ぶことによつて深められるかといふ疑念が起つてきた。(略)古典や古仏を語る人間の口調をみよ。傲慢であるか、感傷的であるか、勿体ぶつてゐるか、わけもなく甘いか。これら一切を自分の心から放下すること、換言すれば古典によつて与へられた自己への幻想を根柢から打ち破ること、私の心はさういふ方へ傾いて行つたのである。

大和古寺を巡るにしたがつて、私の心に起つた憂ひとはつまりかうだ。代々の祖先が流血の址を見て廻るものゝ不安と云つたらいゝか。なぜこんなに多くの仏像が存在するのだらう。（略）かくも無数の仏像を祀つて、幾千万の人間が祈つて、更にまた苦しんで行く。仏さまの数が多いだけ、それだけ人間の苦しみも多かつたのであらう。

こうして、美しい奈良の古寺や仏像に、苦難の歴史を透かし見ようとするわけです。そしてそこに選ばれてくるのが、困難な時代を生きた聖徳太子であり、さらに天武天皇、聖武天皇、光明皇后といった為政者たちです。薬師寺はもと天武天皇の勅願の寺です。また聖武光明の二人が、東大寺や興福寺を始め、多くの寺々の起源に関わっていることは有名です。彼らの壮大なる仏教帰依の背景には、これまた悲痛極まりない、悲劇が存していたのです。

そして亀井の古寺への思いは、「新薬師寺」の章の「薬師信仰について」の節において、「薬師信仰」という言葉でまとめ上げられます。

かゝる薬師信仰本来の総合的面目は、法隆寺の薬師如来、薬師寺金堂の本尊、あるひは香薬師を拝して充分偲ばるゝであらう。（略）推古天皇ならびに上宮太子、あるひは　天武天皇　聖武天皇光明皇后の御悲願を拝しても明らかなやうに、決して御一身のみの利益と平安をめざし給うたものでなく、すべては国民の和と救ひのために捧げ給うたところであつた。

とくに上宮太子が病者貧民の身上を思うて設けられた四天王寺四個院の如き、また　光明皇后の悲田施薬院乃至施浴の風呂の如き、すべて薬師如来の全本願を思はする大悲心の然らしめ給うたところであつた。


これは、和辻の観音信仰の考え方と好対照のものといえると思われます。

おわりに――堀辰雄『大和路』に触れながら

最後に、堀辰雄の『大和路』について少しだけ触れておきたいと思います。『大和路』は、「十月」「古墳」「浄瑠璃寺の春」「「死者の書」」の四編から構成されています。「十月」は昭和一六年の秋の旅行の記録であり、さらに一二月に再び奈良を訪れた印象が「古墳」に綴られ、翌々年すなわち昭和一八年春の旅行記が「浄瑠璃寺の春」となり、「「死者の書」」は、昭和一八年の初夏に、京都に滞在していた際に書かれたものです。

堀辰雄が初めて奈良大和へ旅行したのは、昭和一二年の晩春で、次に昭和一四年に晩春から初夏にかけて、再び旅しています。三度目が、今見たとおり、昭和一六年秋の旅行で、昭和一八年の春に訪れたものとで、ちょうど二年ごとの旅行が確認できます。

堀辰雄は、明治三七年生まれ、すなわち亀井勝一郎より三歳年長です。昭和一六年の旅行時に既に三六歳になっていた堀の体験は、年齢上は和辻や亀井の体験とはやや違ったものといえるでしょうが、その行程は、和辻のそれと極めてよく似ています。

彼も奈良ホテルに宿を取ったため、やはり新薬師寺から古寺巡りを始めています。彼の旅行が前二者のそれと決定的に違っていた点は、彼がこの時、小説を構想していたという点にあります。すなわち彼は、思索のためではなく、小説の材料を求めて、奈良を訪れたわけです。また、極めて個人的な相貌を見せています。日記(「十月」)や書簡体(「古墳」)、紀行文(「浄瑠璃寺の春」)および対話形式(「「死者の書」」)などの文体を用いて工夫されているためでもあるのでしょうが、とにかく、奈良自体が話の中心というわけではなく、あくまで付属物のような感があります。これはよくも悪くも自己投影の書であり、あるいはそこには、文学および近代なるものの性格が認められるかもしれません。ただしこの問題は、簡単にはかたづきそうにありません。

第四章

文学の中の土地の香り——宇野浩二「若い日の事」「枯野の夢」

はじめに——文学の中の土地

ここに一枚の葉書があります。偶然、古書店の目録で手に入れたものですが、宇野浩二が、出版社のウスヰ書房宛に出したもので、昭和一七年八月二四日の消印と、宇野の八月二三日の日付が入ったものです（次ページ）。

ここで興味深いのは、二つ目の、「書けば、三十年ほど前に半年ばかり暮らしました高市郡（畝傍の近く）の在所の思ひ出です」という文章です。

これはあまり知られていませんが、宇野浩二は一時期、この大和地方に住んだことがありました。

彼は生まれは福岡ですが、父の死後、神戸や大阪で育ちました。追手門学院小学校の前身である、大

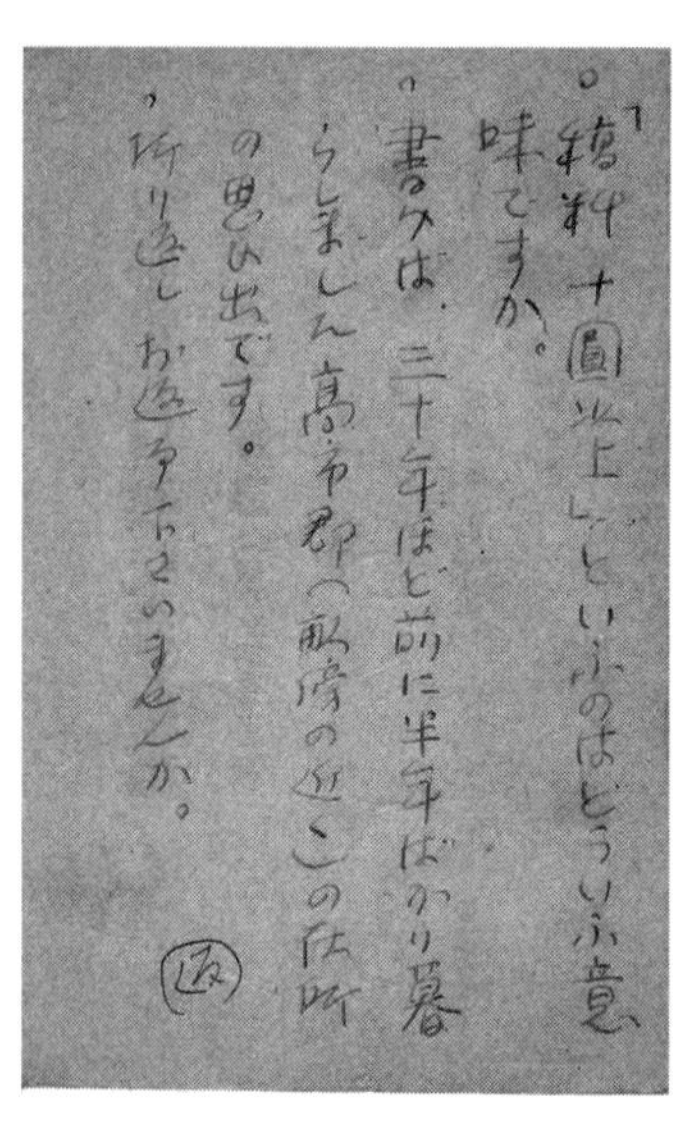
「稿料十圓以上」といふのはどういふ意味ですか。
書くのは、二十年ほど前に半年ばかり暮らしました高市郡（畝傍の近く）の在所の思ひ出です。
折り返しお返事下さいませんか。
（返）

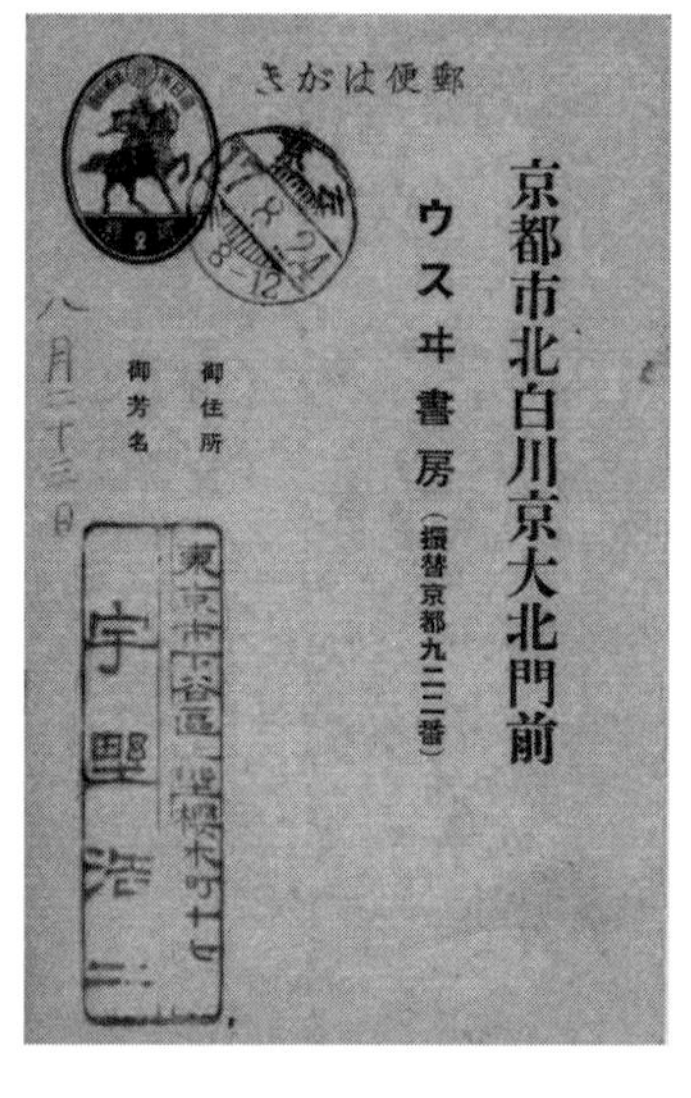
郵便はかき
京都市北白川京大北門前
ウスヰ書房（振替京都九二三番）
御住所
御芳名
八月二十三日
東京市下谷區上野櫻木町十七
宇野浩二

宇野浩二が出版社に送った葉書

阪偕行社附属小学校に通い、天王寺中学に通い、ミナミの宗右衛門町の近くに青年期を過ごしました。その後、大和の高市郡で、半年ほど暮らすことになります。これは、やや複雑な家庭事情によるもので、その間の詳細についてはあまりわかっていません。とにかく別れて暮らしていた母がいたので、この高市郡にしばらく滞在することになったようです。明治四三年（四四年とも）四月になって、親戚から学資を提供してもらえることになり、早稲田大学英文科予科に入学して上京します。彼は明治二四年生まれですので、一八、九歳の頃です。

本来、文学志望であり、しかしながら創作の方はうまくいかず、学業にもあまり身を入れなかった様子です。休みになると、関西に帰ってきたりしています。

先に、「ようです」などと、実に曖昧な言い方をしましたが、実際、作家の過去の行動や住所、その滞在期間などを特定するのは困難なのです。どの作家についても、もう、どこかに、ちゃんと正確な年表のようなものができ上がっている、と錯覚されがちですが、そのようなものが残っている作家はまれです。本人の詳細な日記でも残っていて、それを証明する他人の証言でも得られればともかく、作品に描かれているという事実だけが手がかりならば、作品は当然虚構の可能性がありますので、これをもって経歴を確定するわけにはいかないのです。つまり文学作品の背景の探索と実証には、限度があるわけです。

しかしながら、その作品に土地の香りが反映していることが明らかな場合は、やはりその香りという、目に見えないものを、できるだけ再現したく思うのも読者の欲望の一つです。そこで、最終的な確定は不可能であっても、作品を読むにあたって、知識を深めていくことが求められます。基本的にフィクションである文学作品を扱う際の、事実探索による知識補強の、困難さと楽しみとが、ここには認められます。

宇野浩二は、「高天物」とでも呼ぶべき一連の作品において、繰り返し、大和での体験を描いています。これら大和を描いた作品は、この土地ならではの空気を背景にし、それが重要な要素となっているものと思われます。例えば前章で扱いました堀辰雄が、古代を舞台にした小説を書きたいがために大和を訪れたのとは格段に違う執筆の環境です。といいますのも、堀辰雄の場合には、現代の大和の実際の空気を背景とする必要はなく、むしろそこに残っているかもしれない、古代の幻のようなものの再現を、予め虚構として行おうとしていたわけですから、今の大和を、いわばフィルター越しに眺めているわけです。古代の奈良は、今の奈良の人にとっても、今の東京の人にとっても、いずれも遠い過去であり、再現するには同様に想像力の多大なる助けがいるのです。

これに対し、宇野の場合は、先に述べたとおり、そこに実際に住んだ際の体験をいくらかでも取り込んで作品を作り上げているわけですから、実感度が決定的に違うわけです。正しく今現在の大和が描かれます。これは、読者の共有度の差異に反映し、その土地を知っているか知らないかによって、受容が全く変わってくることが予想されます。

余談ですが、例えばパリやロンドン、ベルリンやローマ、上海などには、かつて多くの日本人たちが住み、また多くの文学者や芸術家が訪ねました。彼らの足跡は未だに各地に残っています。それを追体験する時、作品世界が急に身近に感じられるようになります。おそらくそれらが異国の地だからこそ、差異が明らかなものと考えられます。日本のどこかが舞台の小説については、たとえその土地を訪ねたことがなくとも、読者は行った気になって、作品の背景にも勝手な解釈を加え作品を読み進めることができるので、却って発見の喜びがわからないのでしょう。

今回は、再び文学における土地の雰囲気の役割を考えることによって、作品における想像力の喚起という点から、この奈良という土地の特殊性をもう一度浮かび上がらせてみたいと思います。

先の宇野の葉書に戻りますと、昭和一七年八月の時点から「三十年ほど前」に、この土地に暮らしたと書かれています。これは、明治末期から大正初期頃に当たります。宇野浩二が早稲田に入って上京するかしないかの頃です。中学を卒業してから上京するまでの間に、しばらくぶらぶらとしていた時期があり、その間に半年ほどここに滞在したようです。また学生時代に、大和にしばしば舞い戻ってきたりもしていました。したがいまして、この記述は、これから扱う作品に描かれた主人公の履歴と、かなりの程度重なることがわかります。

一、「若い日の事」と「高天ヶ原」

まず「若い日の事」という、「高天物」の中でもごく初期の作品から取り上げます。

「若い日の事」は大正九年七月の作で、八月号の『文章世界』に「若者」という題で掲載された小説です。後に収録された作品集『二つの道』(昭和一七年二月、実業之日本社)の「後記」によると、「事実が四分ぐらゐで、その他は空想(構想)したものである」とのことです。冒頭は次のようなものです。

大和の国に高天(たかま)といふ町がある。大阪の方から奈良行きの汽車に乗つて亀の瀬隧道を抜けて王寺の駅につく。そこで乗り換へて南に向かふ汽車に乗ると、二つ目の駅が高天で、そこで又、桜井の方へと吉野の方へとの二つに汽車の道が分かれる。

もちろん、この「高天」という駅や町は近辺には実在しません。汽車の乗り換えの記述から、どうやら高田のことかと推察できます。さらに作品は次のように続きます。

その高天町から二里ほど東南にあたる高市といふ在所に、私の母方の薄い縁故の親類があつて、(略)中戸といふ家で、(略)

母が中戸の家へ行つた翌年であつたか、私は母に逢ふために初めて高天といふ町の停車場で汽車を下りた。停車場から乗つた私の車は東に向かつて、一町半ほどの間線路にそうて走る。(略)車の行く手の遠くの方は、大和山脈とか、吉野山脈とか、いふ高い山が壁のやうに立つてゐるし、車の背中の西の方には、二上山、葛城山、金剛山、と、順々に、国境をなして聳えてゐるが、さういふ高い山に取り囲まれたその辺の野原には又、小さい山や丘のやうなものが随所に島のやうに浮かんでゐる。その中で幾らか大きいのが、畝傍山、天の香久山、耳成山などといふのである。

さて、物語は、ざっと次のようなものです。主人公は、東京の大学に通っている学生ですが、母はこの高市という村の、中戸という家に世話になっています。やがて母は、高天町に部屋を借りて、踊や唄の師匠を始めます。その母のもとに稽古に通ってくる隣家の娘がいました。主人公はその加代子という鄙にもまれな美しい娘からやがて特別の好意を寄せられます。そこで帰郷すると会うのを楽しみにしています。また手紙のやり取りも始まりました。ところがある時、ふと、この娘の正体がわかります。大和の国で二番目に金持ちという音取亦太郎という男の妾だったのです。そして、その男の強い嫉妬のために、何も起こらないうちに二人は仲を裂かれてしまいます。ところで、主人公には五歳ほど年下の咲谷重兵衛という俳友がいました。彼も主人公も文学者志望でした。この重兵衛も実は例の加代子を好いていたのです。東京で再会した、未だ成功の見込みの立たない重兵衛から、作者はこの沈痛な思いを打ち明けられます。この作品は、主人公の私（深見という名になっています）の、加代子との淡いロマンスとその後日譚と、もう一つ、この咲谷重兵衛という男の記述との二つのストーリーを柱にしているといってよいかと思います。

もう一つ、「高天ヶ原」という作品があります。これは、大正一五年四月に『改造』に発表されたもので、のちに『高天ヶ原』（春秋社、昭和二年三月）という単行本も出されました。本が出されたのは、宇野が病気で休養する直前のことです。話の内容は「若い日の事」とかなりの程度重複しています。中戸という親戚の名もそのままです。ただし主人公の名は万次郎という名になっています。こちらは、既に三五歳になった主人公が、中戸丈助という六八歳になる呉服商人の男と、東京から同伴で、一五、六年前にしばらく暮らした高天村を訪れる、という記述から始まり、その一五、六年前のことから、これまでの東京での経緯が、回想的に語られています。「若い日の事」が、その当時の時間の推移にほぼ忠実に書かれていたのと対照的です。この相違は、小説作法の基本的な技術の一つで、物語の内容における時間と、物語の記述（言説）における時間とをずらすことにより、効果を上げるという方法です。小説家がよく使う手です。

さて、中戸丈助というのは、母が世話になっている中戸竹蔵という男の弟で、万次郎とも親戚に当たります。この他、親戚関係に関しては、概ね「若い日の事」と全く同名が用いられています。ただし、例の加代子という女の名は、きさ子となっています。

『宇野浩二全集』第五巻（中央公論社、昭和四三年一二月）の渋川驍の「あとがき」には、「著者が、青年時代、一時住んでいた大和の天満村を背景にした作品である」と書かれていますが、この作品も、舞台となった土地について、高天という名を採用しています。特に、駅近くを上高天、また、「若い日の事」では、「高市」となっていたところが、「下高天」と書かれています。ほぼ「若い日の事」の世界をなぞり返す内容のものです。ただし、この作品のテーマは、中戸丈助という男の生涯に一番の重点を置いていて、いわば彼の一代記のようになっています。もちろん万次郎という語り手らしき男のことも多く語られ、きさ子との「事件」もやはり魅力的なのですが、「若い日の事」のそれに比べると、かなり淡泊な、背景的な記述となっています。先に万次郎を主人公と仮に呼びましたが、主人公という批評用語の概念の捉え方によっては、万次郎を語り手あるいは視点人物、中戸丈助を主人公と呼んでも間違いではないかもしれません。

この作品には、高天村は、次のように書かれています。

高天村といふのは、奈良県葛城郡に属する村で、先にいつた高天駅から三十町或は五十町ばかり離れたところにある二つの部落から成立つてゐた。二つの部落に分れてゐるのは、まん中に周囲二十町ばかりの高天山といふ丘のやうな山があつて、その南側と北側とに分れて存在してゐるのである。北側のを上高天、南側のを下高天と呼ばれてゐた。丁度葛城山の東の麓に当つてゐた。

二、「枯野の夢」

宇野浩二は、昭和二年六月、精神異常に陥り、斎藤茂吉の紹介で入院しました。これはいったん回復したのですが、さらに昭和四年になって、病気は再発します。そして、再び入院して、全快するのですが、さらに三年間ほどは静養し、昭和八年一月になって、『改造』に「枯木のある風景」を掲げて文壇に復帰しました。この間の事情については、もちろん事情が事情ですので、あまり明らかではありません。ただ、これに関し、一つ、興味深い小説が書かれています。内田百閒の「山高帽子」(『中央公論』昭和四年六月。のちに『旅順入場式』所収、岩波書店、昭和九年二月)という作品です。これは、芥川龍之介の自殺に到る心理的経緯について書かれた作品ですが、その中に、宇野浩二らしき人物も登場します。そこには、芥川や宇野という個人を超えた、ある大きな時代の力とでもいうべきものが、それら病気の要因として認められます。

「枯木のある風景」の主人公は、画家の小出楢重がモデルで、さらに宇野の親友で宇野の数多くの装幀を手懸けた鍋井克之という画家も登場します。もちろん、全般的にはフィクションで、なかなかの傑作です。ちなみに小出は、作中では古泉圭造という名を与えられています。

続いて発表したのが、「枯野の夢」で、これは同昭和八年三月に、『中央公論』に掲載されました。

両者とも、「枯」という字をタイトルに持つもので、いずれも淡々とした作風の作品です。さて、この「枯野の夢」の冒頭は、次のようなものです。

汽車が大阪の町をはなれて平野を走る頃から、空模様がしだいに怪しくなつて来た。スティイムの温度と人いきれで車内はのぼせるほど暖かであつたが、窓ガラスひとへ外は如何にも寒さうな冬枯れの景色であつた。青い物の殆んど見られない茶褐色の野の果てには、雪をかぶつた紀伊の山脈、その手前に黒褐色をした和泉の山脈、汽車の行く手には、右側に、二上山、葛城山、金剛山、左側に、信貴山、百足山、生駒山などが墨絵の景色のやうに眺められ、目の下の野には、ときどき村落、ときどき森林、などが走り過ぎるだけで、人の子ひとり犬の子一ぴき見えない。

このとおり、大阪から奈良へは、関西本線の奈良大阪線で大和川沿いに抜けるルートが一般的でした。この記述は、文字どおりの奈良へのルートを示すものであり、また同時に、奈良という土地への訪問が、あたかもあらゆる人々の故郷への里帰りであるかのような印象をも与えます。都会から故郷へ、という、原風景への遡及とでもいうべきルートです。これは、大和という土地に対する一般的な視線をなぞるものではないでしょうか。そして、この作品もまた、「若い日の事」や「高天ヶ原」と題材を同じくしながら、さらに作品が作者個人の体験から昇華されて、普遍的な印象を持つに到っているように感じられるのも、ただその文体の変化だけの理由に留まらず、大和が、主人公の故郷的土地から、日本人の故郷としての意味合いを加味したためとも考えられます。次の如くです。

住んでみると、高天村は、自然人情ともわるいところではなかつた。まづ自然について述べると、葛城郡はかなり景色のいい所だ。おなじ大和でも、北の方の郡山や法隆寺あたりのやうな平凡な退屈な平野でもなく、南の方の吉野あたりのやうな狭くるしい山間でもなく、ちやうどその二つをつきまぜて造化が工夫を凝らした所と云つてよいくらゐだ。例へば、高天村にもつとも近い高天山に登つて四方を見わたすと、あたかも海の中にあまたの島嶼が散在してゐるやうに、手頃な高さの山や丘が、箱庭の景色のやうにならんでゐる。その中で、もつとも大きくもつとも名高いのが、畝傍山、天香久山、耳成山で、その間を万里の長城の模型のやうに見える葛城川の堤が縫うてゐる。さうして、それらの小山や丘を保護するかのやうに、三輪山、高見山、三峰山、龍門岳、吉野の山山、金剛山、葛城山などの大きな高い山山が、遠く近く取り巻いてゐる。（略）

この高天山の頂上の草原を土地の人々は高天原と呼び、そこが、昔昔、国の初めの神神が住んでゐた所だと言ひ伝へてゐた。それをもつとも強く信じ且つ主張したのは中戸竹蔵であつた。

前半部は、この土地への手放しの絶賛の言葉だといってよいかと思います。そして最後の文章から、それが虚構の世界へと取り込まれていく様子が明らかです。このようにして、事実と虚構とが地続きのまま綯い交ぜにされて、小説ができ上がっていくわけです。

この作品は、タイトルにも引用された芭蕉の「旅に病むで夢は枯野をかけめぐる」という句を基調にした作品で、作中多くの人物が、生まれ故郷から離れ、旅先でふいに死んでいく様が列挙されています。冒頭で汽車に乗っていたのは主人公古泉健三と祖母の二人連れですが、その祖母は、大和に着くと、その夜に急に亡くなってしまいます。この死に始まり、あらゆる人物が、寂しく死にいく様を、旅先という場所で大きく象徴させているわけです。その代表的人物として、「高天ヶ原」のもう一人の主人公でもあった、中戸丈助の最期が、この作品の結末部に扱われています。それは、「高天ヶ原」と同じ材料を扱いながら、より残酷な死に方として描かれています。せっかく一代で築き上げた財産を、身内ながら他人である家族に取られることを気に病みながら、財産目録を遺言として残す、その悲痛な悲しみが伝わってきます。「高天ヶ原」の結末部で、高天に帰り着いたことを喜んだ丈助の姿とはうって変わったものです。

ところで、この作品の主人公の名は、繰り返しになりますが、古泉健三とされていました。また、「枯木のある風景」の方は、古泉圭造です。「枯木のある風景」の方は、画家小出楢重がモデルであると述べました。こちらは、「若い日の事」や「高天ヶ原」の主人公と共通する部分が大きいので、作者自身がモデルであると一応いうことができます。ところが、この両者の名の類似はどうしたものでしょうか。

ここに私は、宇野浩二の小説についての考え方が集約されているように思います。それは、小説における虚構の在り方です。私たちはつい、モデルがあると、そのモデルを優先して考えがちです。いくら虚構と作者自身が述べていても、やはり事実の力は大きく、特に人物につきましては、実在の人物に重ねがちです。しかし、宇野浩二の創作におきましては、モデルは違っても、主人公の名はそっくりにつけられている。これはひょっとすると、作者からの強烈なメッセージかもしれません。先にも述べましたように、タイトルも実によく似た作品を続けて書き、しかも主人公の名もそっくりです。ここには、モデルの相違を越えて、主人公の独自性を却って主張しているものという解釈が可能ではないでしょうか。小説に描かれた主人公は、たとえモデルを持とうと、やはり独立した存在としてそこにいるわけです。私たちは小説を読む際にこのことを常に忘れてはならないのです。

その一方で、作中の土地の名の虚構性と実在性については、淡泊で、せっかくその土地名がくどいほど書き込まれていても、もしその土地があまり知らないような土地ならば、その土地の風土を調べてまで、実在のその土地に重ね併せて読むことは、ほとんどないといってよいでしょう。これは、文学研究の世界におきましても、作家の履歴調べが盛んに行われるのと好対照です。むしろ宇野浩二は、そのモデルの実在性より、土地の香りを読者に嗅ぎ取って欲しかったのではないでしょうか。

高天山は小さな山で、通常の地図には登場してきません。しかし、これだけの情報で囲まれているために、その存在感はかなりの程度確保されたものと思われます。さらに詳しい地図があれば、これら作品はより多く楽しめるかもしれません。

おわりに――空間論と文学

このように、地図を片手に文学を読むというのは、また別種の楽しみを私たちにもたらしてくれるのではないでしょうか。一時期、東京についてこのような試みが多くなされました。前田愛という研究者の『都市空間のなかの文学』(筑摩書房、昭和五七年一二月)などの営為がその代表です。何と申しましても、日本の近代文学の中心的舞台は東京です。なぜなら、文学者たちが、出版社の集まる東京で活動をすることが多かったからです。現在のように、通信手段がこれほども多くなって、原稿をどこからでも送信できるにも拘らず、未だ、東京在住の作家が多いことも事実です。大学が多かったこともその理由かもしれません。また、私小説的作品が多くなる中で、作品世界にも東京は数多く描かれるようになりました。それらの理由から、東京で、近代文学の足跡をたどることは比較的容易であり、東京を地図を持ちながら歩けば、かなりの遺跡に当たることができるわけです。しかも新しい時代のことですから、例えば永井荷風が食べた食堂が残っていたり、と、かなり実感的にそれを行うことができるわけです。このような文学の楽しみ方を理論的に都市空間論として、学問化する動きも盛んでした。ところで、奈良についても、実はこのようなことは、未だ可能です。というのも、あまり激しい土地開発にあっていないからです。むしろ東京より、その面影は残っている場所があるかもしれません。

第五章

吉　野――南朝の悲劇と天誅組

はじめに――吉野の歴史性と文学性

吉野という名は、とにかく桜の名所として有名です。秋は紅葉もきれいです。吉野山に桜は以前からあったでしょうが、西行がこれを詠み、そして後醍醐天皇と南朝の悲劇の歴史がそこに重ね合わされた時、吉野の桜はただの桜ではなく、また吉野も桜の名所というだけに留まらない、歴史の蓄積による「土地の記憶」を持つようになります。別の言葉で言い換えれば、土地としてのプレテクストを持つ、ということです。

例えば私たちが初めて吉野山に登って桜を眺めたとしても、そして西行の歌を知らなかったとしても、その桜は既に過去の記憶を引き摺った桜として目の前にあります。このことはややわかりにくいかもしれませんが、その土地を訪れた時の風土の肌触りとでも呼ぶべきものに、「土地の記憶」が溶け込んでいる、ということです。やや情緒的な物言いになりますが、たとえ初めて見た場合でも吉野の桜はいかに華やかでも寂しく見えます。風土がこれをそのように浮かび立たせるわけです。

私たちは、初めての小説を読む場合にも、また初めての料理を食べる場合でも、以前に読んだ小説、あるいは以前に食べた料理の記憶から類推し、その初めてのものを、さほど違和感なく受け入れることができます。つまり応用力があります。またそうでなければ、私たちは、一度経験したものしか経験できないことになります。この時、先例として参照するものの一つに、過去の文人の桜の見方という視角があるとすれば、これに倣って、私たちは桜を見るわけです。あるいは、できうるならばと、先人に視線を重ねようとします。このことは、先人の歌を知っているといった、知識の問題とはやや違ったレベルの問題です。先人もまた私たちと同様であったであろうという類推の保証を、土地から得るからです。早い話が、蔵王堂から見た桜の風景の共通性への信頼です。もちろんその際には、桜の種類や本数の変遷などの問題は、さほど重視されません。この意味において、「吉野の桜」は、ずっとそのままなのです。そして、時代としては後から後れてやってきた私たちは、この「土地の記憶」を全く無化することはできないと考えられます。

このような体験は、何も特別不思議なものではありません。先にも述べたとおり、文学作品の享受

吉水神社より一目千本（2014年4月14日，著者撮影）

にも共通します。私たちは小説を読む際、そこに文字で書き付けられた情報だけを翻訳して享受しているわけでは決してありません。土地の固有名には読者をも巻き込む磁力とでも呼ぶべきものが存在しています。これを自分という身体を通して、自分なりにそこに現実化していく行為が、文学を読むということです。当然ながら、人それぞれによって、この身体が別のものでありますので、文学体験も異なったものになります。しかし、違ったものでありながら、傾向として、先人の見方を例とするために、よく似たものにもなるわけです。

このことはまた、土地への視線の変遷を、文学作品を材料とすることによって、反対に、その土地が、いかなる過程を経て、記憶を持つに到ったか、ということも問題設定することができます。「土地の記憶」の形成において、文学作品という文字の蓄積もやはりかなりの重要度を持つと判断されるからです。特に、明治期以降については、歴史は浅いが、実はやはり私たちの記憶と最も近く、その時点で形成された風土的感触も多いと推定できます。土地を土地として眺めるようになったのは、それほど古いことではないのです。

一、谷崎潤一郎「吉野葛」の世界

ご存じのとおり、吉野といえば、近代文学作品ではやはり、谷崎潤一郎の「吉野葛」が最も有名かと思います。「桜花壇」という旅館に、谷崎は、昭和五年の秋、約一カ月間滞在し、この小説を執筆しました。「桜花壇」には、この谷崎を始め、多くの文人を泊めた部屋があり、昭和二六年に天皇皇后両陛下が泊まられた間だけは、昔のままに保存してあります。谷崎からの書簡なども展示してありました。残念ながら現在は休業中とのことです。ちなみに時の当主辰巳長楽氏は風流を解する人で、谷崎から宿銭は取らなかったといいます。谷崎は、この昭和五年だけでなく、大正一一年春、同一五年春、昭和四年秋にも吉野を訪れています。

さて、『中央公論』昭和六年一月(その一～四)と二月(その五～六)に連載された「吉野葛」は、構成から、そのジャンル命名が困難な作品です。最初は随筆的な文章で語り始められた話が、やがては紀行文風に展開しますが、そこには、書かれなかった物語としての「自天王の話」が背景にあります。「自天王」とは、谷崎によれば「後亀山帝の玄孫に当らせられる北山宮と云ふお方が実際におはしましたことは専門の歴史家も認めるところで、決して単なる伝説ではない。ごくあらましを掻い摘まんで云ふと、普通小中学校の歴史の教科書では、南朝の元中九年、北朝の明徳三年、将軍義満の代に両統合体の和議が成立し、所謂吉野朝なるものは此の時を限りとして、後醍醐天皇の延元々年以来五十余年で廃絶したとなつてゐるけれども、そのゝち嘉吉三年九月二十三日の夜半、楠二郎正秀と云ふ者が大覚寺統の親王万寿寺宮を奉じて、急に土御門内裏を襲ひ、三種の神器を偸み出して叡山に立て籠つた事実がある。此の時、討手の追撃を受けて宮は自害し給ひ、神器のうち宝剣と鏡とは取り返されたが、神璽のみは南朝方の手に残つたので、楠氏越智氏の一族等は更に宮の御子お二方を奉じて義兵を挙げ、伊勢から紀井、紀井から大和と、次第に北朝軍の手の届かない奥吉野の山間僻地へ逃れ、一の宮を自天王と崇め、二の宮を征夷大将軍に仰いで、年号を天靖と改元し、容易に敵の窺ひ知り得ない峡谷の間に六十有余年も神璽を擁してゐたと云ふ」と書かれている人物です。作者を信じるとするならば、作者が、この自天王を中心にした話を書こうとして、材料負けで書けなかった話として読める作りになっています。しかし、作者の友人である津村の嫁取りの話としては完結していますので、それを語るための口実、すなわち自天王の話はあくまで設定にすぎなく、最初から書かれる予定はなかった、とする読み方も可能なのです。一章の終わりに、「大そう前置きが長くなったが、」とあるとおり、これを前置きとして読む読み方です。

次にタイトルについて考えてみましょう。この物語は、なぜ「吉野葛」と題されたのでしょうか。このことには、作中に頻出する芝居の話柄と関連がありそうです。谷崎は、「幼少時代」(『文芸春秋』昭和三〇年四月〜昭和三一年三月)の中で、次のように語っています。

あれ(「吉野葛」——引用者註)は私の六歳の時に「母と共に見た団十郎の葛の葉から糸を引いてゐる」のみではない、その五年後に見た五代目の千本桜の芝居から一層強い影響を受けたものに違ひなく、もし五代目のあれを見てゐなかつたら、恐らくあゝ云ふ幻想は育まれなかつたであらう。

よくいわれるとおり、この津村の嫁取りの話は、確かに母恋物語です。津村は、幼い頃に亡くなった実母の経歴に興味を持ち、探っていき、ついに国栖という土地で母の近親のものと出会います。そして縁続きの娘お和佐を得ます。しかしこの設定だけに関していえば、吉野である必要もないし、まさか吉野の国栖という意味でこのタイトルがつけられたのでもないでしょう。そこには、ある先行テクストの教養が関連してきます。

谷崎潤一郎の歌が書かれた吉野葛製造黒川本家の看板（2019年3月20日，著者撮影）

キーワードは、「狐」です。個々の想像力の対象は、「狐」に収斂していきます。私と津村の吉野行きはまず初音の鼓から始まっています。津村の打ち明け話にあるとおり、津村の母の実家には「命婦之進」という稲荷の使いの狐がいたといいます。また実在の狐でなくとも、物語の中には、さまざまな狐がらみの話が引かれてきます。最後のシーンの、津村とお和佐がつり橋を渡る時、「下駄の音がコーン、コーンと、谷に響いた」というのも、疑えば狐の鳴声と疑えるのではないでしょうか。それはともかくとしても、少なくとも狐の芝居は、しっかり溶け込まされています。もう少し具体的に見てみましょう。

先の「幼少時代」にも、津村の母恋物語を類推させる芝居として、まず「葛の葉子別れ」の段が示されています。この段は『芦屋道満大内鑑』の一部です。内容は、陰陽師安倍晴明の父である保名という人物が、最愛の恋人榊の前が自害したので、狂乱してしまい、榊を探して和泉の国信太明神までやってきますと、そこで偶然榊の前の妹葛の葉姫を見つけ、正気に戻り、そこで夫婦の約束をし、途中、白狐を保名が助け、自らも傷を負うと、一度去った葛の葉が再びやってきて介抱するが、実はこれは本物の葛の葉ではなく、それに化けた先の白狐であったのですが、何も知らず保名は白狐の葛の葉を妻とし、子まで生まれ、共に暮らすようになります。やがて三人が暮らす家に、ずっと不思議に思っていた本物の葛の葉が両親と訪ねてきます。すると白狐は、童子と保名に「恋しくばたずね来て見よ和泉なる信太の森のうらみくずのは」という歌を残して去ります。のちに有名な陰陽師となった阿倍(安倍)晴明の超能力のもとは、母の狐にあった、とする因縁譚です。

また、これだけでなく、『義経千本桜』がその影響の源泉であったことを谷崎は続けています。ストーリーは省略し、忠信狐の件だけをいいますと、義経の家臣である佐藤忠信に化けた狐が、静を助けるというものです。この背景には、義経の読みが、「ぎつね」と読めるところから連想されたもの

狐忠信の碑（2019年4月6日，著者撮影）

のようです。ちなみに、この忠信狐の碑が、今も、蔵王堂から脳天大神に下りていく石段の途中にあります。

佐藤忠信に化ける狐は、初音の鼓の音がなると正体をなくすと設定されています。この鼓は、実はこの狐の父と母の皮を張ったものでした。

ところで、「葛の葉」の話の舞台はあくまで和泉の国であり、吉野とは直接的な関連は何もありません。したがって、母恋のテーマだけでは吉野という土地は選ばれてこない可能性が高いのです。ここにもう一つ、国栖という紙漉の里の介在を認めざるを得ません。要するに、「吉野葛」という作品は、狐と、「くず」という音による、想像力の奔放な連鎖反応の結果生まれ出たものと考えられるわけです。となると、吉野である必然性は、他に求められねばなりません。ここで選択肢として選ばれてきたのが、自天王の話を書きたいという設定であったと考えられるのです。

自天王自体についてはあまり知らなくとも、読者は、南北朝の悲劇については、いくらかの知識を持ち合わせています。また義経が兄頼朝に疎まれて、最終的には殺されてしまうことも知っています。そのために、吉野という土地を描くだけで、作品に、ある「悲しみ」が投影されるわけです。作者にとって、こんなシステムは魅力的でしょう。

そもそもテクストとは織物であり、読者も、豊富な過去の物語を、「吉野葛」から導き出すことにより、いわば二重三重の物語を読むことになります。これは「吉野葛」に特殊なことではなく、実はありとあらゆる物語に起こっていることでもあります。全く関係ない脈絡で狐を書いても、そこに『義経千本桜』を読み取るのは、読者の自由であり、また、作者の意図とは別に、テクストにそれは内包されているといえます。狐を介して、吉野の「土地の記憶」は、ほぼ間違いなく、読者に伝わるのです。

二、明石鉄也『吉野の朝霧』と北畠親房（きたばたけちかふさ）

次に、その南北朝の悲劇そのものを扱った作品を紹介します。

明石鉄也の『吉野の朝霧』は、三杏書院から昭和一八年一〇月に刊行された作品です。この書き下

賀名生北畠親房墳墓（2015年3月20日，著者撮影）

ろし長篇小説は、副題にも明記されるとおり、『太平記』の時代に吉野朝廷側の政治および軍事の中心的役割を担った北畠親房を描くものです。昭和一八年という出版時の時代背景も影響してか、武家政権という「賊」に対立するこの後醍醐天皇の忠臣を讃えるトーンで貫かれています。

明石鉄也は、昭和三年二月、壺井繁治らと左翼芸術同盟を結成し、その機関誌である『左翼芸術』により、やがてナップ（NAPF、全日本無産者芸術連盟）にも加入して『戦旗』にも作品を発表した、ナップ系のプロレタリア作家です。やがて戦争に突入していく時代状況は、彼に左翼作家であり続けることを許さず、大衆小説作家へと転じさせたようです。その成果の一つがこの作品です。

作品は、主として南朝方が劣勢に廻った時代を中心に描きます。

北畠親房は後醍醐天皇に重く用いられた人物で、南朝の正統性を綴った『神皇正統記』の著者としても有名です。まず鎌倉幕府を滅亡させた後醍醐天皇の建武の新政において、子の顕家（あきいえ）が陸奥守（むつのかみ）になったので、その後見役として東北統治に当たる一方で、中央にあって中心人物として睨みをきかせていました。ところが建武二年になって、足利尊氏が離反し、南北朝に分裂します。そこで親房は後醍醐天皇を吉野に迎え、そこに行宮を構えます。現在の蔵王堂の近辺です。一方尊氏は、京都に北朝を立て、自らも征夷大将軍となって室町幕府を開きます。もともと下野（しもつけ）（栃木）の足利の一族で、東国に勢力を持つ尊氏に対抗し、かつて東北を経営した顕家の後見役であった親房もまた、東国での勢力を得ようとしましたが失敗します。吉野に帰還し、次の後村上天皇に仕えて南朝の勢力を挽回することに努め、一時は京都をも奪回しますが、ついに足利義詮（よしあきら）に破れてしまいます。

その親房の子顕家もまた、極めて優秀な武士であり、一時は尊氏を九州に敗走させたこともありましたが、二〇歳で、父より先に戦死してしまいます。この親子の悲劇はまた、極めて物語性の高いものです。天皇制に関連した、正統性の問題は、父祖代々の血統の問題でもあります。また北畠親子の問題もまた、この血の問題であり、これらは、マクロとミクロの関係にあります。それらがどちらも悲劇的な結末であったことが、日本人の郷愁を殊更に誘うものと考えられます。要するに、日本人はこのような話が好きなのです。

作品には、吉野はもちろん、五条（奈良県五條市）の奥で後に行宮となった賀名生（あのう）など、この時代に特有の存在感を示す奈良の地名が書き込まれています。読者はいつの時代も、これら固有名詞から、南北朝の悲劇を思い合せることは、さほど困難ではなかったはずです。この蓄積こそが、吉野最大の「土地の記憶」といってよいかと思われます。

三、小室案外堂「新編大和錦」・三上於菟吉（おときち）『天誅組』と天誅組

さて、吉野をめぐっては、もう一つ有名な事件があります。天誅組の義挙です。正式には、五条が中心ではありますが、大きく吉野として扱います。

天誅組の義挙とは、文久三年、すなわち一八六三年の大和における尊皇攘夷派の乱で、為政者側からいえば乱ですが、当事者側からは義挙とされます。倒幕運動の先駆けで、時の孝明天皇の大和行幸、これは神武天皇陵に参拝し、倒幕の決意を新たにするためのものとされました。この行幸が決定されたので、倒幕急進派浪士の土佐の吉村寅太郎や三河の松本奎堂（けいどう）、備前の藤本鉄石などが中心となり、当時攘夷の大物で、明治天皇の御生母中山一位局の実の弟で、皇子祐宮（さちのみや）（後の明治天皇）の前侍従であった急進派公卿中山忠光を首領として、天誅組という組織を結成し、取り敢えず五条の幕府直轄領の

奪回を目指し挙兵したものです。しかしながら、京都で政変が起こり、幕府と手を結ぶ評定が採用され、行幸すなわち御親征が中止となったために、天誅組は援軍もなく追討される側となり、幕府側の諸藩の兵との厳しい戦いとなります。十津川の郷士などの援軍も得ましたが、内部で亀裂も生じ、裏切りもあって、ついに壊滅しました。少し時代が早すぎた倒幕運動で、もし時代が時代なら、彼らも新政府の一員であったというわけです。

さて、この時義挙に加わった面々、特に京都を出発した際の三九人の人物たちは、極めて個性的で、忠臣蔵の義士たちを思い起こさせるような、それぞれがエピソードをもつ人物群像であったようです。そこで、さまざまな伝説や巷間の見聞が伝わっています。これらを総合する形で、のちに研究書が多く書かれ、また小説も登場したわけです。

小室案外堂という作家がいました。彼に「新編大和錦」(『日本立憲政党新聞』明治一六年八月一一日～一一月一一日)という作品があります。案外堂小室信介は、一般には、自由民権運動の一翼を担った『日本立憲政党新聞』の新聞記者として、また『東洋民権百家伝』(明治一六年八月、初編刊、私家版)の作者として有名です。「新編大和錦」は、天誅組義挙に想を得たものです。しかしながら、自由民権運動と幕末尊皇攘夷運動とを結び付けるに急なために、かなり虚構的な作品となっています。

一方、三上於菟吉に、『天誅組』(改造社、昭和九年一〇月)という同じ天誅組を扱った作品があります。この作品は、ドキュメンタリーの手法を取り入れ、史実を重視した作品となっています。こちらはほぼ史実どおりのものとなっています。

これらの物語は、忠臣蔵の物語にも匹敵するような、日本人の心性を反映した事件を扱ったものです。吉野という土地は、天皇と武家の二重政権がある問題にぶつかった時に、常に振り返えられ、心性を確認されるために用いられる、いわば日本人の心のふるさとという役割を典型的に演じさせられてきた土地ということができましょう。

おわりに――橿原(かしはら)神宮との近接性

昭和一五年の皇紀二六〇〇年がそのピークとなりますが、戦争という状況のもとで、挙国一致体制の強化のために、奈良県全体の聖蹟化が進んでいきます。そのシンボル的存在とされたのが、橿原神宮です。ここで皇紀二六〇〇年の記念式典が行われた際には、全国からあらゆる形で奉仕活動が募られました。例えば、社域拡張のための勤労奉仕などです。少し特徴をはっきりさせる形で申しますと、奈良といいましても、奈良市内と、この南大和地方では、この問題に関して扱いが異なるようです。吉野を含め、南大和地方は、何か天皇に関して事があるたびに、万葉の昔からの天皇家の故郷として、遡及的に視線を向けられるわけです。これは何も、橿原神宮や吉野などに限りません。例えば、昭和一四年という時期に、二上山とその麓の當麻寺を舞台に、折口信夫が「死者の書」（『日本評論』昭和一四年一月〜三月）を発表したことはよく知られていますし、法隆寺や中宮寺についても、聖徳太子の事蹟を中心に、かなり多くの本が書かれています。例えば夢殿一つ取りましても、昭和一四年には、北原白秋がこれもまた『夢殿』（八雲書林、昭和一四年一一月）という歌集を出しますし、昭和一六年に北川桃雄が出した『斑鳩襍記』（文芸春秋社、昭和一八年一一月）なども、夢殿を中心に扱っています。また、鵤故郷舎というところから発行された「夢殿選書」などにも見られますように、昭和一〇年代後半には、ここに関してかなりの数の書物が出版されています。大政翼賛の政策と、聖徳太子の精神などが結び付けられていくわけです。思想的にはもちろん危険極まりないわけですが、当時、天皇が在住していない奈良で、このような天皇家の故郷の聖蹟化という操作が行われたことには、高度な政治戦略を嗅ぎ取ることができます。巧妙な世論操作とでもいうべき政策が、行われていたようなのです。これは、京都では、あまりに直接的すぎてできなかったものを、奈良という、適度に歴史的なカモフラージュが可能な土地を選んで行ったものかと思われます。いずれにしても、この点において、京都と奈良は、東京という土地と、極めて対比的に扱われていることだけは確かなようです。

第六章

斑　鳩——夢殿と聖徳太子伝説

はじめに——斑鳩という土地の歴史性

「斑鳩(いかるが)」という名は、何とも特殊な響きを持っています。もちろん、「斑鳩(いかる)」という、古代にこの土地に多く住んでいた鳥の名から取ったという日本語で、語源的にも、嘴(くちばし)の形から「怒角(いかるかど)」の省略であろうといわれています。しかしこの音は、ギリシア神話に登場する、あのイカロスを連想させます。イカロス(ラテン名はイカルス)は、蝋で造った翼でクレタ島から飛び立ったものの、太陽の熱で蝋が溶けたために、海に落ちてしまった人物で、この神話から、「イカロス失墜」の言葉で有名です。翼や鳥のイメージをこれらの言葉は偶然にも共通して持っているわけです。

実はこのイメージは、土地についてだけのものではありません。聖徳太子伝説にも登場してくるのです。聖徳太子は、黒駒すなわち黒毛の馬に乗って、富士山のあたりまで飛翔したという伝説を持ちます。

考えてみればこれは、あのヤマトタケルノミコトが、伊勢の能煩野（のぼの）（現三重県亀山市）で亡くなり、白鳥になって飛び立ったという伝説とも共通しています。余談ですが、『古事記』によると、この死の直前に詠まれたのが、本書の「序」にも引いた「倭は国のまほろばたたなづく青垣山隠れる倭し美し」の歌です。古代においては、空を飛ぶということと英雄伝説とは密接に関わっているものと考えられます。空は、私たちの想像以上に憧れの場所であったと思われます。

聖徳太子と斑鳩（いかる）という鳥との直接的な関係はありませんが、この土地の特別性を考えますと、この鳥の名は実に象徴的です。おそらくそれは聖なる土地を示す言葉なのです。

斑鳩（いかるが）の土地は聖徳太子伝説と切り離せません。この土地について、歴史学者の直木孝次郎が次のように述べています（『奈良』岩波書店、昭和四六年四月、岩波新書）。

> 奈良盆地の西やや北よりにあって、古代の政治の中心地である飛鳥から遠く、政治地理的にはめぐまれない土地のようであるが、いま法隆寺の門前を大阪への国道が走っていることからも察せられるように、難波津との関係は古代においても不便ではなかった。（略）竜田道といい、奈良遷都以

後は、平城と難波の連絡には、この道がもっとも頻繁に利用された。（略）
　斑鳩の地にとってもう一つみおとせないのは、水運の問題である。大和川の本流が法隆寺から二キロあまりしかはなれていないだけでなく、富雄川・竜田川・葛城川などの大きな支流も、その付近で合流する。交通上、古代の河川がはたす役割の大きさは、現代と比較にならない。

このように指摘されてみれば、なるほど要衝の地ですが、その一方で確かにここに宮があったというイメージはあまりありません。当時は推古天皇の飛鳥小墾田（おはりだ）宮の時代ですから、当然ではありますが、ここに、実は隠された歴史を見て取る研究もあります。直木も次のように書きます。

　このようにみてくると、聖徳太子が推古十三年ごろ、飛鳥の地を去って斑鳩宮に居を定めたということは、単に政治の中心から身をひいたというだけではなく、深い考えがあってのことと思われる。蘇我氏の勢力が根を張っている飛鳥とはべつの、もう一つの重要地点に、独自の勢力をきずこうとしたのではあるまいか。
　蘇我馬子にとっては、斑鳩における聖徳太子の存在は、気味のわるいものであったにちがいない。馬子だけではない。飛鳥小墾田宮の推古天皇も甥の太子をけむたく思っていただろう。推古には聖徳太子とほぼ同年の実子、竹田皇子があり、推古が死ぬときに「竹田皇子と同じ墓に葬ってほしい」と遺言しているところから考えて、この皇子を深く愛していたと思われる。推古天皇と聖徳太子の関係は、ふつうに信じられているほど親密なものではなく、天皇の本心からすれば、聖徳太子よりは竹田皇子に位をゆずりたかったのであろう。それが実現しなかったのは、おそらく竹田皇子のわか死ににによる。推古天皇と蘇我馬子を中心とする飛鳥の朝廷と、聖徳太子のいる斑鳩宮とは、暗黙のうちに対立していたのである。

ここに書かれた斑鳩宮を中心に築かれた聖なる土地、そして聖徳太子と密接な関係にある土地、斑鳩は、実は謎に満ちた土地です。この謎は、聖徳太子伝説の謎から来ています。例えば、梅原猛の『隠された十字架――法隆寺論――』（新潮社、昭和四七年五月）のような、研究と小説の間に位置するような書が、数多く書かれてきました。この書の「はじめに」には以下のような言葉が見えます。

常識の眼でこの本を見たら、この本は、すばらしき寺、法隆寺と、すばらしき人、聖徳太子にたいする最大の冒瀆に見えるであろう。日本人が、千何百年もの間、信じ続けてきた法隆寺像と太子像が、この本によって完全に崩壊する。

梅原はこの書において、法隆寺が、滅ぼされた聖徳太子一族の鎮魂のための寺であるとしています。この書に詳しく触れることはしませんが、私は、逆に、「日本人が、千何百年もの間、信じ続けてきた法隆寺像と太子像」について、なぜそれほど長くそう信じられてきたのか、その伝説の存在感、伝説の力に興味があります。日本人にとって、聖徳太子とはどのような存在であるのか。この問いに少しでも近付いてみたいと思います。

一、聖徳太子の魅力

聖徳太子をめぐる私の最大の興味は、なぜ彼が太子であって、天皇になれなかったのか、という点にあります。これは言い換えますと、世に皇太子は多く、また摂政も多かったであろうに、聖徳太子だけがこれほども特別に愛慕されているのか、ということでもあります。もちろん、推古天皇より早くに亡くなったことなど、さまざまの理由は考えられます。『日本書紀』によりますと、聖徳太子は、皇太子の地位に二九年もあり、四九歳で亡くなりました。しかしながら、あれほど後世から礼賛されるような功績が、皇太子時代にあったのならば、推古天皇が譲位して位に就く可能性も考えられるはずです。逆にいえば、あれほど礼賛され、日本の代表的偉人として、紙幣の表を飾った人物が、天皇になれなかったという逆説が、より伝説を成長させたのかとも思われます。

聖徳太子には、数々の伝説が残されています。伝説でしかないのは、書かれた書物が散逸し残っていないからです。しかし、この伝説でしか残っていないという事実は大切です。そこには伝説化の過程でのさまざまの歪曲が想定されますが、そのほとんどが、礼賛の方向へと傾けられたという点に、聖徳太子の魅力の大きさが窺えるわけです。

さて、これら伝説は近代以降も伝えられ、明治末年には、『聖徳太子伝叢書』〈〈日本仏教全書〉第一一二巻、仏書刊行会、明治四五年五月〉としてまとめ上げられています。

例えば『日本書紀』の、片岡山でたまたま出会った飢えた人に対して、飲食物と衣服を与え、歌を詠み、帰り着いたのち再び使いにその人を訪ねさせたところ、既に亡くなっていたために、悲嘆に暮れ、あの人は凡人ではなく真人(ひじり)であろうと、その墓を掘り返させ、衣服を取り戻し、それを着用したという伝説などは、その慈悲心の証明として語られてきましたが、やはりそれ以上に、やや理解不能なほどの聖徳太子の人物像の不可思議なる要素をも暗示しています。一方、何人もの人の訴えを同時に聞いたという有名な伝説は、その知性の明敏であったことを強調していることももちろんです。

その代表的なものが、聖徳太子が、現在の夢殿のもととなった夢堂なる建物に、著作や政治についての難問にぶつかるたびに籠もり、そこで「東方」より現れる「金人」に教えられ、解決したという伝説です。この伝説には、私たちを超自然的なものへ誘う魅力があります。この非日常的な物語性の断片から、伝説が生まれ、小説が生まれるわけです。

二、中里介山『夢殿』の世界

中里介山に、『夢殿』（『改造』一九二七年六月〜九月）という作品があります。中里介山は「大菩薩峠」などの作者として有名な時代小説作家ですが、この小説も、太子の時代を描く壮大な歴史ロマンです。いわばＳＦ仕立ての、やや不思議なつくりを持っています。太子の馬を扱う舎人調使麿（みつぎまろ）が、タイムトラベルしたり、聖徳太子の烏駒について飛行したり、瞬間的に空間移動したりといった、幻想的な体験をします。読者にも伝わるこの非現実的な感覚を支えているのは、聖徳太子が夢殿に籠もり、何らかのお告げを得たとされる伝説と、正しく夢という言葉の響きです。

この作品には、多くの魅力的な人物が登場してきます。秦河勝（はたのかわかつ）朝臣、鞍作（くらつくり）の鳥仏師（とりぶつし）、蘇我河上嬢（そがのかわかみのいらつめ）、大伴小手古姫（おおとものこてこのひめ）、崇峻天皇の弑逆者とされる東漢直駒（あずまのあやのあたえこま）、新羅の間者加摩多（かまた）、蘇我大臣馬子、物部大連守屋、蘇我入鹿、山背大兄王、僧曇徴（どんちょう）、渡来人画家白加（はくか）などです。これら歴史上の人物たちを繋ぐ役割として、主として高向（たかむく）の学生（がくしょう）、足人の調使麿の二人の民間人を代表するような人物が、舞台回しとして配されています。彼らが歴史を目撃するという形で物語は綴られます。時代背景から、渡来人に関わる話題も多く語られています。例えば秦氏に関係して、景教すなわちキリスト教の最も古い伝来

法隆寺夢殿（2019年10月23日，著者撮影）

形について語られています。このとおり、この小説は、飛鳥期を描く歴史小説であり、空想小説であり、宗教小説であり、鳥仏師の絵をめぐる芸術小説であり、国際小説です。

単行本『夢殿』（春秋社、昭和四年一二月）には、口絵に続いて「創作「夢殿」について」という自家解説が掲げられ、「聖徳太子礼讃」の言葉と、自らの太子研究の足跡が記されています。また作品の典拠として『日本書紀』の記載事項もかなり丁寧に列挙されています。これらによると、介山は、この小説を書くために、かなりの精力を注ぎ込んで、聖徳太子について学習したようです。

『夢殿』の創作に取りかゝらうとして筆をとるに先ち、ついこれだけの事を書いてしまつた。前言としては長過ぎるが、論文としてはモット書きたい。創作「夢殿」は詩であり戯曲であり小説であり美術工芸であり歴史であり政治であり宗教であり、人生及び霊界のすべてにわたる由々しき仕事である。任に堪へ得る処ではあるまいが、自分は自分だけのものをうつして、後人に暗示を与へ得れば満足する。

このような総合的な作品を創ることが可能であるのは、やはり聖徳太子という人物が、あらゆる要素に満ちた存在であったからと考えられます。ここには、私たちが小説から受ける魅力のうち、登場人物の魅力の最大のものが窺えます。聖徳太子はその意味で、実在の人物であることを超えて、創作上の属性を実に豊富に身にまとっているといえます。

三、北原白秋『夢殿』・北川桃雄『夢殿』

昭和一四年一一月、北原白秋は、八雲書林から『夢殿』という歌集を刊行しました。これは上巻に、奈良ばかりでなく各地の羇旅歌を集めたものを収め、下巻の戦争歌など主題別の歌と併せて編まれたもので、奈良を歌った「春日の鹿」一二首、「正倉院御物抄」八首、および「奈良の春」一二首は、合わせても全体の中でごく少数にすぎません。肝腎の「夢殿」近辺を歌ったものは、「奈良の春」一二首の中の七首だけです。それでも白秋は、「巻末記」中に、次のような思い入れの籠もった言葉を添えています。

心貧しくしてかの春の日の夢殿を思ひ、その高貴と知性とに本来の郷愁を感ずるこの私は、抑々何であらうか。

あながち歌に遊ぶとはいはない。かの夢殿の霞にやんごとなき籠りを籠りとせられた終日の春を慕ふものである。少くとも私の道に於て私は楽しんでゐる。

わかりにくい文章ですが、どうやら、この夢殿に籠もる聖徳太子に、老いて眼を病む白秋自身の身を比しての言葉と考えられます。その高貴と知性は、遠く時代を隔てて、白秋という詩人にも慕われているわけです。「夢殿」と題された四首の歌は次のとおりです。

菫咲く春は夢殿日おもてを石段(いしきだ)の目に乾く埴土(はにつち)

夢殿に太子ましましかくしこそ春の一日は闌(ふ)けにたりけめ

夢殿や美豆良結ふ子も行きめぐりをさなかりけむ春は酣は
日ざしにも春は闌くるか夢殿の端反いみじき八角円堂

ちなみに第三首に詠まれたた「美豆良」とは、髪型の一種で、幼き頃の太子の肖像画にも、みづらに結う姿が見られますので、第二首とともに、この歌も、聖徳太子のイメージを引くものと考えられます。白秋の中では、春と夢殿と太子のイメージが複合されていたものと想像されます。このような複合イメージは、土地の空気をも醸成します。白秋が見て取ったものこそ、はからずもこの土地の風土的色合だったのです。

北川桃雄の『夢殿』は、時代が大きく下り、昭和三二年四月に東京創元社から刊行されたものですが、「あとがき」には「この書は戦前刊行した拙著「斑鳩尼寺」から選んだものに新しい章を加えて、一書にまとめたものである」とあります。この作者は、中宮寺や夢殿に格別の思い入れがあるものと見えて、例えば昭和一八年一一月に文芸春秋社より刊行した『斑鳩襍記』もまた、法隆寺からではなく、「斑鳩尼寺」の章から始まっています。

『夢殿』は、今も述べましたとおり、「斑鳩尼寺」に始まり、「夢殿」「幻の聖画——法隆寺壁画の追憶」と斑鳩関係の随筆が続き、これに「薬師寺の聖観音」「東大寺追想」「唐招提寺の金堂」「法華尼寺」「薬師寺の神像」が加えられて構成されています。奈良市とその郊外の代表的寺院が扱われていますが、通常、例えば東大寺を始めとする奈良市内の寺々にもっと記述が割かれ、その周辺部として、西の京と斑鳩が加えられるというのがよく見られる奈良市近辺の寺院分布図です。このことと比較しても、この書の斑鳩という土地に対しての並々ならぬ思い入れが見て取れます。それは言い換えれば、聖徳太子とその周りの人々の重要度の置き換えでもあります。

「斑鳩尼寺」すなわち中宮寺は、聖徳太子の母である穴穂部間人（あなほべはじひと）女王、つまり用明天皇の皇后の菩提のために建立されたもの、または、女王自らの本願によるものともいわれる尼寺で、あらゆる意味で女性の関わりの深い寺です。この寺に関しては、もちろん、本尊である漆黒に輝くあの半跏思惟像が最も有名です。弥勒菩薩ともまた如意輪観音とも呼ばれてきたものです。この像の女性らしい微笑みが、この寺の特色を象徴していることはいうまでもありません。しかしながらもう一つこの寺で見逃せないのは、天寿国曼陀羅繡帳です。聖徳太子の病気平癒を祈願し、その妃の橘大女郎（おおいらつめ）が発願して、彼女の周りの女官などの女性が刺繡したと伝えられるものの残欠は、聖徳太子を慕う女性たちの姿を想像させます。やがてこの繡帳は、その存在することすら忘れ去られていましたが、鎌倉時代の信如尼の努力によって、法隆寺の法蔵から見付け出され、中宮寺に帰りました。しかしその時点で既にかなり傷んでいたものと考えられています。この繡帳に多くの紙幅を割くことが、北川の『夢殿』とい

中宮寺本堂（2019年10月23日，著者撮影）

う書物の視角を代表しているものと考えられるわけです。夢殿もまた、繍帳同様、苦難の時代を過ぎます。

北川は「夢殿」と題し、かつてその地、すなわち東院伽藍にあったと考えられている斑鳩宮に思いを馳せています。夢殿は、太子入滅後、建てられました。したがって、出発から滅亡のイメージを伴います。今は滅びた斑鳩宮を彷彿とさせ、聖徳太子一族の悲劇の歴史をその存在理由の一つとしているわけです。

北川を始め、多くの人が、聖徳太子を慕い、夢殿を慕う背景には、この滅亡のイメージの語りかける力が大きく関わっているのではないでしょうか。

おわりに――斑鳩を訪れた文人たち

もちろんこれだけ有名な土地ですから、近代においても、この土地を訪れた文学者たちは数多くいます。例えば吉村正一郎編『素顔の奈良』(実業之日本社、昭和四八年四月)に収められた寺尾勇の「奈良の魅惑の原点」「人」には、「堀辰雄――いかるがの野の幻想」と題して、幾人かが次のように紹介されています。

正岡子規が法隆寺を訪れたのは、二十九歳の秋であった。

行く秋を　しぐれかけたり法隆寺

と旅愁の中で人生を思いつめた句である。病身の中に朽ちぬものを求めていかるがをさまよい歩いた。

柿くへば　鐘が鳴るなり法隆寺

も、柿好きの子規が、自らの宿命を思い知って、無常のひびきを聞いたのであろうか。(略)虚子の小説『斑鳩物語』の主人公が旅装を解いた三階建ての大黒屋は、今日も明治の姿としてその残骸を、中宮寺の南に残している。この小説の中のお通さんも、また、

蘭の香も　法隆寺には今めかし

といった虚子自身も、すべて淡々とした人々である。

童心で生涯を全うした植物性作家中勘助は、法隆寺夢違（ゆめたがえ）観音を見て、「大和の国の古寺に、ちょこんとたった観音様……」という詩を残している。（略）

その一生を、大和に歌の心を求め歩いた会津八一は、二十八歳の時、意中の女性に失恋して、心のいたでを癒すため大和巡礼を思い立ち法隆寺古瓦の忍冬唐草に魅せられたことが、古代への開眼となった。（略）

この救世観音を訪ねた島木赤彦、中村憲吉、法隆寺茶店を訪れた若山牧水、中宮寺の斎藤茂吉、法輪寺の志賀直哉、この人たちの作品に現われたいかるがの里は、いずれも、水の流れのように淡々としている。

堀辰雄は、常に信濃と大和を対比していた。特に法輪寺から法起寺あたりの村と家のたたずまいを、「一種蒼古の気分」と称えている。（略）

堀辰雄の小説の「風土」として、またとないいかるがの里である。

長い引用になりましたが、このとおり多くの人々を魅き付けるこの土地の魅力が、寺尾が述べるように、「淡々とした」ものであるかどうかはともかく、ある一つの共通した空気を漂わせることだけは事実だと感じられます。そこには、聖徳太子に対するイメージの残像が、未だに漂っていると考えるのは私だけでしょうか。要するに、ここには未だに聖徳太子が生き続けているわけです。このような人物の影響が残ることもまた、「風土」の一つの性格なのです。

第七章

奈　良――志賀直哉と高畑サロン

はじめに――志賀の奈良滞在

志賀直哉は、大正一四年四月に、京都の山科竹鼻から奈良の幸町に移り住みました。この間の事情について志賀は、「淋しき生涯」（『中央公論』昭和一六年七月）という文章の中で、次のように書いています。

今から足掛け十七年前、その頃私の住んでゐた京都山科の住ひが五人家族には狭過ぎたし、近々に又生れるので、私はもう少し広い家に越す気で、貸家探しをしてゐる時だつた。奈良にゐる友達の南から或日手紙で、幸町といふ所に広い家があり、もう直き空く筈ゆゑ、兎に角、一度見に来る

やうにと云つて来た。二月末か三月初めだつた、

このとおり、当初はやや偶然に奈良に移ったようです。それまで志賀は、粟田口に半年、山科に一年半の計二年間、京都に住んでいました。南というのは、学習院時代からの旧友で、当時上高畑に住んでいた画家九里四郎のことを指すとされています。こうして、何気なく移った奈良でしたが、次第にその風土に惹かれ、その四年後の昭和四年四月には、志賀は上高畑に約四三五坪の敷地を購入し、数寄屋造りを基本にしながら洋風のサンルームをも持つ、いかにも自分好みの家を新築し、昭和一三年四月までの九年間、幸町時代と併せると都合一三年もの間、奈良に住み続けることとなります。この間、東京の父が亡くなったので、継母浩も、昭和六年に奈良中筋町に移り住みます。ちなみにこの継母は、昭和九年には志賀の家により近い破石町に移り、翌昭和一〇年に亡くなっています。一三年間といえば、やはりかなり長い時期といわざるを得ません。東京人であった志賀の奈良生活は、異邦人と生活者の二重の視線でこの土地を捉えたものと考えられます。年齢でいえば、四〇代前半から五〇代半ばに当たります。志賀という作家の一生にとって、奈良という土地が、特別の意味合いを持ったことは明らかでしょう。

一、幸町と上高畑の文学サロン

さて、奈良在住時代の志賀を、数多くの文学者が訪ねていることはよく知られています。まず藤枝静男や瀧井孝作や網野菊、尾崎一雄など、志賀を師と仰ぐ人々についてですが、藤枝静男（勝見次郎）が初めて訪問したのは幸町の家でしたし、瀧井孝作や網野菊、尾崎一雄などに到っては、近くに移り住みまでしています。瀧井が奈良にきて住んだのは、志賀が奈良に移った大正一四年のことです。網野菊は翌大正一五年に奈良に移り住みました。昭和四年には、尾崎一雄が奈良に移り住みました。やがて瀧井は、これも志賀と交流のあった作曲家菅原明朗が東京に移住した後の家に住まっています。大正一四年、志賀の友人武者小路実篤も奈良に移り住んでいます。昭和三年には、小林秀雄も奈良に移り住みました。ちなみに尾崎や小林は、奈良公園内の江戸三の亭を借りて住んでいました。

また、プロレタリア文学者として、保釈中の身で、当局の監視下にあった小林多喜二なども、上高畑の家を訪れています。彼はこの後すぐに地下に潜り、やがて逮捕され、昭和八年には特高警察で拷問を受け虐殺されました。

先に武者小路実篤のことを述べましたが、彼と同様、『白樺』グループの一人であった有島生馬も「久しぶりに」訪ねています。

『座右宝』刊行の協力者橋本基（橋本雅邦の子）がいた上高畑の家には、やがて舟木重雄が移ってきました。この他、志賀の日記には、谷崎潤一郎を始め、里見弴（とん）や川田順、竹内勝太郎、吉田健一、森敦、阪中正夫、貴司山治、谷川徹三や木村庄三郎などの遠近からの来訪者名が見えます。

作家の池田小菊は当時鍋屋町に住んでいて、一時志賀の子供たちの家庭教師を務めていました。やや大袈裟にいえば、志賀邸内に止まらず、志賀の家の近辺一帯が、文学サロンの様相を呈していたわけです。

文学者たちの顔ぶれもさりながら、むしろ特記すべきは、数多くの画家との交流です。その一例は、編集者であった松下英麿の『去年の人』（中央公論社、昭和五二年八月）に、次のように写し取られています。

私が志賀さんに会ったなかで、記憶に鮮明なのは、昭和十三年三月ころと思うが、奈良市高畑の住居にうかがったときである。古い築地のつづいた道を行って、志賀邸を訪れると、「やあ、よく来たね。今日は津田君夫婦が来るそうで待っているんだ。まあゆっくりしたまえ」といつものようにいくぶん甲高い明るい声で迎えてくれた。

高志賀直哉旧居の裏庭から見たサンルーム。
(2019年10月29日，著者撮影)

津田夫婦とは画家の津田青楓夫妻のことですが、志賀の日記によりますと、毎日がこのような調子であったようです。例えば『白樺』時代の古くからの友人で、東京在住の梅原龍三郎なども、旅行のたびごとに立ち寄っています。

とりわけ、奈良に住む画家との交流は格別でした。上高畑の志賀邸の周辺には、画家の小野藤一郎、若山為三、中村純一らの家が点在していました。中村義夫は隣家でした。現在、「高畑サロン」という喫茶店がある家です。

この画家たちと、ごく近しい友人や弟子たち、例えば瀧井孝作、当時作家志望の加納和弘らは、毎晩、志賀の麻雀の対手をしていたようです。またその他にも、花札やトランプなど、賭事に幾晩も徹夜しています。

「早春の旅」（『文芸春秋』昭和一六年一月、二月、四月）には、文学者や画家以外にも、実に興味深い交流がいくつか描かれています。例えば後に東大寺別当となる上司海雲や、写真家で飛鳥園主人の小川晴暘とのつきあいには、上流社会の交際であることに加え、奈良独特の文化の香りが漂います。

私達は公園をぬけて、東大寺塔頭、勧進所の上司海雲君を訪ねた。書院にはこれも古馴染の「観玄虚」の大きな横軸がかけてあり、その下に白羽二重の布を敷いて天平の鬼瓦が置いてあつた。（一）

博物館を出て飛鳥園の小川君を訪ねたが、其日京都へ行つてゐて会へなかつた。私は再び博物館の前から細かい砂利を敷いた道を春日参道へ出た。（二）

前者（一）に書かれた天平の鬼瓦については、上司がかつて人に「イミテーションです」と簡単に答えていたにも拘らず、東京で鑑定された結果、重要美術品に指定されたので、主人公が「あの時分に貰つて置けばよかつた」といったという、ややコントめいた挿話も加えられています。上司自身の「奈良時代の志賀さん」（上司海雲・高橋立洲人『奈良――わがふるさとの……――』所収、中外書房、昭和三五年三月）にも、当時の微笑ましい交流の様子がいくつか書き留められています。

前掲の「早春の旅」には、昭和一五年三月一八日に急逝した彫刻家明珍恒男の初七日法要が済んだばかりの法蓮町の家を弔問することについて書かれています。明珍は「前、谷崎君の所にあり、今は私の所にある観音像」の修理を依頼した人物でした。昭和九年九月二一日の室戸台風により、大阪の四天王寺の五重塔が倒れた際、塔の扉彫刻八面を担当したことでも有名な人物です。

また陶芸家葆光浜田庄司ともとても親しくしていました。

さて、志賀の東京移住後、上高畑の家には、関という人物が代わって住みました。これも「早春の旅」に以下のように書かれています。

関さんは初対面であるが、関さんが此所へ移るまでゐた依水園は先代在世の頃に、その時分、奈良に住んでゐた武者小路の大家だつた関係で、二三度、庭を見せて貰ひに行つた事がある。黄檗の木庵がゐたといふ由緒ある建物などもあり、此辺では第一の庭だつた。今度の家は私の建てた家ゆゑ、比較にはならぬが、灰汁洗などが出来、私のゐた頃からは大分綺麗になつてゐた。

何気ない話題ながら、当時の奈良という町の中心に、志賀の人物交流が位置していたことが窺えます。志賀は良くも悪くも、既にこの土地の「名士」になりつつありました。

二、奈良と志賀の芸術観

ところで、奈良時代の志賀は、先にも述べましたように、四〇代前半から五〇代半ばという、作家としては最も活動的であって不思議でない年齢にありながら、あまり小説を書いていません。最初の二、三年こそは、続けて短篇を発表したり、「暗夜行路」を書き継いだりしていますが、あとは目立つような創作活動がありません。殊に上高畑移住後の昭和四年から昭和八年にかけての約五年間は、全くといってよいほど創作の筆を断っています。再び書き始めた頃の作品の多くも、奈良時代の生活を写す随筆的小品でした。しかしながら奈良を去るちょうど一年前の昭和一二年四月には、中断していた長篇「暗夜行路」がようやく完成し、また同年九月には改造社版『志賀直哉全集』全九巻の配本が始まり、作家として特筆すべき年代であったことは確かです。

奈良に移ってしばらくした頃、志賀は、主人公の浮気と、それが家庭に及ぼした影響とを描いた、いわゆる「山科もの」と呼ばれる連作を発表しています。「瑣事」（『改造』大正一四年九月）、「山科の記憶」（『改造』大正一五年一月）、「痴情」（『改造』大正一五年四月）、「晩秋」（『文芸春秋』大正一五年九月）の順に発表されましたが、内容の時間は、概ね「山科の記憶」「痴情」「瑣事」「晩秋」の順に推移しています。「山科の記憶」と「痴情」は京都時代のことですが、「瑣事」と「晩秋」は、既に主人公が奈良に移り住んでからのことを扱っています。やや穿った見方をすれば、これら作品の材料となった事件から逃れるように、山科から奈良に居を移したともいえます。これらの自らの私生活に題材を採る作品は、しかしながら、書き続けるのが快いものとは限りません。むしろ、私小説作家の苦しみは、自らの生活体験を執拗に深く見つめ直す点にあるといえるかもしれません。

また当時の志賀は、古美術に並々ならぬ興味を抱いていました。おそらく、創作の数が少なかった理由には、このことが最も強く関与しています。

奈良移住前後の彼は、自らの編集による美術図鑑『座右宝』（座右宝刊行会、大正一五年六月）の刊行にかなりの力を傾注していました。当時は、作家というより鑑賞家として生きていたとも見えるほどです。もちろんそれが直ちに彼自身が芸術家たるべく生きていたことを否定することにはなりません。小林秀雄が「続私小説論」（『経済往来』昭和一〇年六月）の冒頭に引用して有名になった「『現代日本文学全集・志賀直哉集』序」（改造社、昭和三年七月）の次のような言葉も、彼の古美術ひいては社寺への視線と密接に繋がっています。

夢殿の救世観音を見てゐると、その作者といふやうなものは全く浮んで来ない。それは作者といふものからそれが完全に遊離した存在となつてゐるからで、これは又格別な事である。文芸の上で若し私にそんな仕事でも出来ることがあつたら、私は勿論それに自分の名などを冠せようとは思はないだらう。

要するに、彼にとって奈良の古社寺は、信仰の対象というより鑑賞すべき古美術の宝庫でした。しかもそれは、彼にこのような芸術観を抱かしめるような性質のものでした。やや大袈裟にいえば、志賀は奈良の古美術により、近代における個人の個性を中心とする芸術観を根底から覆され、自らのこれまでの仕事を相対化されるような体験をしたようです。ゆえに奈良は、彼にとって特別の地だったのです。

では、そのように志賀に大きな影響を与えた古美術や寺社とは、具体的にはどのような存在だったのでしょうか。

「早春の旅」の主人公は、奈良帝室博物館（現奈良国立博物館）の展示物を鑑賞し、次のように考えます。

東京に来て見られないものは矢張り此所の仏像群だ。推古、天平、藤原、鎌倉、各時代の代表的なものが此所にある。（略）入つた正面に秋篠寺の美しい梵天が心持首を傾け、見下ろしてゐる。右手の細長いケースには大安寺の不空羂索観音、楊柳観音、薬師寺の十一面観音等が立つて居る。その先のケースには興福寺の十大弟子の一部。左のケースには唐招提寺の諸仏。次に矢張り興福寺の八部衆が幾体か立つてゐる。何れも仏像としてはお歴々で、それらが押黙つて立つ中に一人ゐると、一種快い圧迫を感ずる。中央の大きいケースには梵天と背中合はせに、法輪寺の虚空蔵菩薩が此お歴々を睥睨して立つてゐる。

この展示は、はからずも奈良の寺々の分布の象徴的な見取図ともなっています。奈良には、このような仏像が、東京におけるように整理された形ではなく、むしろ雑然とした形で、鑑賞者の目の前に差し出されていたのです。

奈良在住時代の志賀は、これらに囲まれ、とにかく観る人として暮らし、芸術家の友たちと遊び、小説の「作者」という属性を相対化しようとしていたと考えられるわけです。

例えば、彫金の名工金沢蘭斎について書かれた「蘭斎歿後」(『大調和』昭和二年四月)には、当時の志賀の芸術観や生活観が窺えます。蘭斎の「居間兼仕事場」からは、「茅原を前に、嫩草山(わかくさやま)、春日山、高円山」が一眼に見渡せる、といいますし、その妻のお幾が蘭斎死後も起居する部屋は、「大和天井、春日山穴仏の拓本を張交ぜにした唐紙、朽木の火鉢、雲母のもみ紙に渋をひいた枕屏風、長命寺の桜餅の函をそのまま煙草盆にしたもの」などで飾られています。東京向島の「長命寺」以外、そこは「雄鹿の啼く、冴えた強い声が時々聴え」るような、いかにも奈良らしい場所です。

ところで、この小説には、小説独自のある手法が用いられています。ある秋の朝、お幾は、空海寺にある蘭斎の墓参を思い立ちます。

南大門を廻り大仏殿の前の鏡ヶ池の所へ来て、先年此処で月見をした事を憶ひ出した。（略）大仏殿の裏から正倉院に添つて行つた。空海寺は小さな寺で、大和八十八ヶ所の一つだつた。

このように具体的に地名は描かれ、しかし蘭斎の名だけが実名ではありません。ここに、志賀小説の方法の典型が窺えます。そのほとんどの材料を実生活から得ながら、ぎりぎりの地点で虚構性を保つべく記号として働くもの、それが、登場人物の名の書き換えなのです。ちなみに蘭斎のモデルは加納鉄哉翁で、当時志賀の家に親しく出入りしていた加納和弘の父です。永らく秘仏であった夢殿の救世観音の晒（さらし）を剥がし、フェノロサや岡倉天心とともに再発見した人物です。そしておそらくここには、鉄哉という作者の名を残すのではなく、別の方法による鉄哉の顕彰が認められます。それは、奈良の風物と一体化した、鉄哉の芸術と生活の全体的な顕彰です。夢殿の救世観音の鑑賞法と共通する、いわば脱作者性の志向なのです。

おわりに――奈良の風土の二面性

ただし志賀は、奈良のことを、必ずしもよい土地とは見ていなかったようです。居心地が良すぎるようなのです。また、それ以上に、この土地の雰囲気について、独特の考え方を持っていたようです。そしてそれが、永らく住んだ奈良を引き払った大きな理由となります。「無題」(『改造』昭和一四年四月)の次の言葉もこれを示しています。

私は土地としては関西を好んでゐる。一生、奈良で暮しても自分はいいが、男の児を其所で育てることは少し考へた。奈良の人が皆、さうだと云ふのではないが、土地についた、退嬰的な気分は、自然、住む者の気持に影響する。男の児のためにそれを恐れた。又、仮りに子供がそれに影響されまいと心に努力する場合を考へても、丁度引きあげていい頃だと想つた。

奈良は退嬰的で男児を育てるのに不向きだ、というのです。しかしながら、これが志賀の東京移住の全面的な理由であるとはどうも思えません。志賀の東京移住には、幼い頃過ごした故郷と呼べる場所への帰還という意味合いもあったものと思われますし、これらに加えて、創作に関わる理由をも想定せざるをえません。それは、奈良があまりに住みよい場所であることへの、作家としての逆説的な危惧です。

確かに志賀の奈良での日常生活は、幸福にすぎたようです。例えば「日曜日」(『改造』昭和九年一月)に書かれるように、彼らは日曜日になると、一家で漫然と「法蓮」の方から「興福院(こんぶいん)といふ尼寺」の近くの小さな池へ出かけたり、「白毫寺から鹿野苑(ろくやおん)」の方へ出かけたり、または「富雄川」まで足をのばしたりしています。これは、魚捕りという目的にかこつけての、歴史の町奈良の散策でもあったものと推察されます。町のあちらこちらに社寺や名所旧跡を持つ奈良においては、散歩それ自体が十分に観光たり得るわけです。志賀の文章には、次のように、それがごく自然のものであったことが書かれています。

直吉は郡山へ行く途に魚の沢山ゐる所がある。そこへ魚捕りに行かうと云ふ。郡山へ行く途中のながれと云へば芝居で馴染の大安寺堤あたりのやうにも思へるが、(略)

「郡山のみちつて、そんなら尼ヶ辻の方か」(略)

「垂仁天皇の御陵の方か」(略)

「法華寺の横から大鍋小鍋の方へ行く路に小鮒の沢山ゐるところがあるが、どぶだからな」

さらに、「クマ」(『改造』昭和一四年五月)にも次のように書かれています。

或る日、子供等を連れ、いつものコースで、春日の杜から春日神社、三笠山の下から手向山、法華堂、二月堂、大鐘から大仏殿の横に降り、裏を廻はつて東大寺塔頭の一つである指図堂に橋本君を訪ねた事がある。

また、瀧井孝作の「志賀直哉対談日誌」(『文芸春秋』昭和一一年二月)の昭和一〇年一一月二七日の項にも、その散歩の一例が次のように書かれています。志賀、瀧井、不二木阿古、中村純一の四人連れです。

「此辺歩くのは此方も久しぶりだヨ」といはれ、若宮、春日神社、宝物館、「此方も初めて入るのだヨ」と四人で館内に入つた。この宝物館はコンクリイトの倉で内部は暗く電灯が点つて、雑と見て廻り、直きに外へ出た。路端の女陰石見てぼくは、未だ在るナと云つて更に、春日ノ楼門の前の出現石と陰陽対になつてる、と云つたら、「あゝ云ふ物は在るとあたりが陽気な感じだネ」といはれた。三笠山見て通つた。手向山八幡の入口の住吉神社は小建築で美しかつた。三月堂で、「君は内陣へ、入つて見玉へ二月堂で待つてゐるからネ」といはれ、ぼくは一人、内陣へ入つた。美しさに圧倒された。

このような実に優雅な散歩だったのです。

この他の志賀作品にも、例えば「瑣事」には、三条通や、猿沢の池、石子詰の旧跡、一の鳥居、鷺池などの地名や、月日亭や四季亭といった料亭の固有名詞が鏤(ちりば)められていますし、「晩秋」にも法隆寺見物のことが見えます。「犬」(『週刊朝日』昭和三年一月)の主人公は、飼い犬を探して「西大寺と、西の京の間」にある尼ヶ辻まで自転車で訪ねています。「早春の旅」の次の文章は、正しく奈良案内記です。

平城、西大寺、油坂、そして奈良。奈良に来て最初の印象は不相変の奈良だと云ふ事だつた。ホテルへの途中、眼に入るもの総て余りに見馴れたものばかりだ。角の奈良漬屋、図書館、裁判所、武徳殿、師範学校、博物館、右に折れて一の鳥居から荒池。堤防のやうな荒池の路が前より広くなつた位で、総ては不思議なほど不相変であつた。然し又、公園の杜の上に高く、春日山を望んだ時には不相変いいところだとも思つた。

しかしながら主人公は、一方で、奈良に対しての違和感をはっきりと示すこともあります。例えば子供たちが奈良弁を話す場面に、その傾向は顕著です。「池の縁」(『婦人公論』昭和一三年六月)の主人公の長男直吉は九歳ですが、彼は「面白いんねえ」「ええなあ。――ええなあ」「どうも早く大人にならんとあかんなア」などと、生まれ育ったこの地の言葉をごく自然に話していますが、その父は一貫して「何を読んでるつて訊いてんだ」「要らねえよ」と、東京言葉で受け応えします。娘の田鶴子という三歳の娘も、「きのふな、――蟬がな、――木で啼いてゐた」「嘘いひな」と、いかにも関西の女の子が言いそうな言葉を遣います。関西で生まれ、奈良で言語形成期を過ごそうとする幼い子供たちには、一時的にしろ、奈良が、それぞれの内面に深く入り込んでいます。その象徴である言葉と父の東京言葉との落差は、父の関西への決定的な馴染めなさを表しているといえます。「奈良」(『観光の大和』昭和一三年一月)には、明確に次のように告白されています。

土地としては関西の方が遥かに好きだが、人に就いて、正直にいへば私はどうしても東京人の方が好きだ。（略）土地と人と別々に好きだといふ事は私の不幸だ。

また「無題」にも、次のように書かれています。

然し住民は東京の方が段違ひにいい。言語、慣習、その他色々なものが私に親しいからでもあらうが、他に親切で、大体関西人に較べて文化の進んだ感じがあると思つた。

しかし、以下の「早春の旅」の文章には、後悔の念も窺えます。

奈良はいい所だが、男の児を育てるには何か物足らぬものを感じ、東京へ引越して来たが、私自身は未だに未練があり、今でも或時小さな家でも建て、もう一度住んで見たい気がしてゐる。

これら作品の主人公たちと同様に、志賀自身も、奈良に対して常に二面的な接し方をしていたようです。一三年という長い月日を過ごしながら、結句、奈良も、志賀にとっては異邦だったわけです。

第八章

大和という故郷——保田與重郎と「日本浪曼派」

はじめに——「日本の故郷」という発想の危険性と魅力

大和という土地の持つイメージの全体像について、やや俯瞰的に考えてみたいと思います。そのために、保田與重郎という補助線を用います。これはやや危険な補助線かもしれません。といいますのも、その保田が、戦中期、国粋主義の傾向を強め、いわば一種の戦犯的存在として扱われることが多いためです。保田はごく初期はただ純粋なロマン主義者として文壇にデビューしました。しかしながら、彼の文章が奇妙な形ながら時代と密接な関係を持つことになります。彼の浪曼主義は、いつしか国粋主義と極めて近いものとなっていきました。彼のいう素朴な日本への憧憬は、戦時下における愛国心へと変奏され、この時代背景のもと、その意味合いを変えていったわけです。保田の文章自体もまた、さらに神懸り的とも評されるような難解を極めるものとなっていきます。これが言霊信仰と響き合い、ますます超越論的なものと見えたのです。それが天皇中心の日本の国粋者の気持ちを煽ることとなった、その危険性のことを「戦犯的」と呼んだわけです。そのような事情も承知の上で、むしろここではそのことを利用して、私たちが土地というものに対して抱く感情の根本にある、ある「国粋」的傾向（といえばもちろん語弊がありますが）をも探ってみたいと思います。考察のキーワードは、「ふるさと」です。

一、保田與重郎の大和

保田は、明治四三年すなわち一九一〇年に、現在の桜井市、当時の磯城（しき）郡桜井町に生まれました。畝傍中学を卒業後、大阪高校に進み、ここで竹内好と出会い、左翼的運動にも参加していたと伝えられています。昭和五年頃から、湯原冬美の名で短歌を発表し始めますが、それらの中には共産主義やテロリズムへの共感を示す歌も多く見られます。保田といえば右翼の代表と見るのは後世からの視線であり、昭和初期においては、日本浪曼派的右翼心情とマルクス主義革命思想とは、案外近い位置にありました。

昭和六年、東京帝国大学美学科に進み、昭和七年三月には、雑誌『コギト』の創刊に参加して、次々に文章を発表します。昭和九年に卒業し、昭和一〇年三月には雑誌『日本浪曼派』を創刊して、この運動の中心的な役割を果たします。日本浪曼派は、その名にも表れていますように、ロマン主義運動の団体ですが、直接的には、日本のかつてのロマン主義運動、すなわち北村透谷のものや『明星』のそれとは違い、ドイツ・ロマン派の運動を日本に取り入れたものでした。ドイツ・ロマン派の特徴は、いわゆる「イロニー」の思想にあり、ロマンティック・アイロニーという概念がこれを代表しています。ロマンティック・アイロニーというのは、例えば何かに憧れるというのは、恋愛にしろ何にしろ、距離があるからこそ憧れるのだ、という発想です。実に皮肉な発想で、例えば恋愛は成就して距離がなくなると恋愛でなくなってしまうという皮肉を抱え込んだものです。恋愛の延長線上に結婚はないわけです。したがって、憧れ続けるためには、つまり恋愛を続けるためには、互いの距離を縮めてはいけない、ということになります。恋愛に関しては不合理なようにも思えますが、例えば日本国民と天皇との距離などにこれを置き換えてみますと、かなり具体的なイメージでその言わんとするところが浮かび上がってきます。ここに日本的なロマン主義と、天皇制との繋がりが用意されたわけです。

しかし、時代の不幸がこの問題をさらに複雑化します。天皇制といっても、当時の軍国主義下のそれに直結させますと、もちろん極めて政治的なものとなります。ところが、古代や中世などの歴代の天皇の話となれば、さほど政治的でなく話ができます。特に文化の側面において、天皇が歌を読み天皇が物語に登場してくることはごく当たり前のこととして受け入れられています。保田が取りも直さず扱ったのは、この文化的天皇のことであり、したがって、古代へ視線を遡らせます。このように、文化の中心に天皇を据えて物事を考えるという姿勢は、後の三島由紀夫の文化天皇制の発想とも極めて近いものです。しかし既に象徴天皇制となった後の三島と違い、保田の場合は、まさに天皇がいて、これから戦争を拡大しようとしている時代にこのことを言い出した。これがやや不幸な方向性を用意します。

保田は、昭和一一年一一月に芝書店から『日本の橋』という第一評論集を出します。これは西洋の橋と日本の橋の違いを比較し、日本の橋のある呪術的側面にも言及したものです。それは美術史の範疇に収まる評論でした。同年同月に『英雄と詩人』(人文書院)をも出しましたが、これも文芸評論として特異なものではありませんでした。やがて、昭和一三年九月になって、東京堂から出した『戴冠詩人の御一人者』あたりから、少しずつその思想性が強まってきます。表題作は、後にやや詳しく見ますが、ヤマトタケルのことを扱ったもので、ここに典型的に見られるように、天皇家の意義に触れ、それと文化との関連を探る中で、伝統主義的な、反近代主義的な方向が強まっていくわけです。保田はヤマトタケルに強く共感を寄せます。しかしこれはまだ、昭和初期の軍国主義の風潮とは直接繋がってはいませんでした。なぜなら、ここで保田は、文化における敗北の価値について論じているからです。ヤマトタケルという死んだ英雄に、日本文化の特質を見出そうとしているからです。これを当時の軍国主義的発想へと結び付けるわけにはいかないわけです。

しかしながら、昭和一三年五月に大陸へ旅した頃から、次第にアジア主義という形で政治主義的な文章が増えてきます。当時保田は二九歳でした。保田は佐藤春夫らとともに、まず釜山に渡り、慶州から京城までの朝鮮各地をめぐり、奉天を経て北京に到り、そこに二〇日間ほど滞在し、留学中の竹内好の紹介で周作人などの作家とも会っています。さらに各地を廻り、帰りは奉天から旅順に出て大連から神戸港に帰着します。

慶州はご存じのとおり、日本における奈良のような土地です。ガソリンスタンドの屋根まで瓦葺きで、景観を損ねないような工夫が各所に見られます。北京もまた文化都市で、その象徴が北京大学の建物といえます。これらの印象が、伝統への視線とアジア主義とを結び付ける契機となったのかもしれません。

帰国してすぐに保田は、現在の八尾市太田出身の女性と桜井で結婚式を挙げます。当時東京に住んでいた保田は、新居も東京に構えましたが、やはり伝統へのこだわりが、この結婚をもふるさとで挙げさせたのではないでしょうか。そしてこの昭和一三年を境目に、保田は思想的にかなり危険な世界へと踏み込んでいくことになります。昭和一六年六月の『民族的優越感』（道統社）の頃からは、文体までも極めて難解な、一種神がかった文章となっていきます。

例えば、「万葉集と大伴家持」（『現代』昭和一六年五月）という文章があります。後に、『万葉集の精神――その成立と大伴家持』（筑摩書房、昭和一七年六月）に収められたものですが、ここには、次のような文章が見られます。

我国に於て、古典が土俗であつたと思はれたことは、私の生立による特殊な現象かもしれない。しかし日本の古典の精神を保存する場所が、故郷の風景か、さなくばむしろ土俗に近い庶民の状態にあつたといふ無慙な事実を知つたことは、我々の文芸に厳粛な自覚を導いたのである。さうして日本の最高な人倫の源流であるものと、最下の草莽（そうもう）をつなぐものが、何らの中間の仲介をもつてゐない、しかもそれは長い間の歴史の精神であつたことを、私は漸く激しく信じた。

日本の古典が保存されているのが大和であり、そこは今、土俗的な故郷の風景として寝静まっている点について意識を向けるものです。ここから、最初の後れてきた世代として、大伴家持が、『万葉集』の常識とはやや反して、称揚されていきます。『万葉集』というのは、素朴であることが魅力であるようにいわれがちですが、家持の持っていた（らしい）、古典の復興の精神こそ、魅力の第一たるべきであるということが述べられていきます。実に難解な文章ですが、扇情的であることは伝わります。やがてその文章活動により、戦後は公職追放という憂き目に遭いましたが、その思想に関しては、ついに改めたり訂正したりすることはありませんでした。

ここには、大和という土地の特別性が関わっています。大和には、古代の天皇の多くが住んでいました。日本史は、どの時代にあっても、権力者を中心に記述されます。古代は特に、天皇の周辺が、日本の歴史として語られます。日本の国の隅々まで記述されるわけではありません。そこで、この歴史を学ぶ者は、古代史においては、日本は、概ね大和で置き換えられることになります。このことから、日本の古代は、大和の古代であり、日本人の故郷のイメージもまた、大和のイメージで語られることになります。

一方で、現代人の多くは、現実の故郷を基とした故郷イメージを持っています。それがどこであっても、自らの生の源泉であるという、その意識が、その土地からもたらされます。ここにも、現実の土地を超えた特別な土地感覚が付与されています。そこが自分の故郷であれば、そこはそれだけで憧れの場所となります。

保田については、この自らの源泉としての故郷大和が、日本の故郷である大和と同一であるために、憧憬がより強化されたものと想像されます。後に詳しく述べますが、この「ふるさと」なるものの二重性が、大和の特別性なのです。

昭和七年八月に、『楽志』という、桜井尋常小学校同窓会のものと思われる雑誌に発表された、「郷土といふこと――一つの感想――」という文章があります。そこで保田は、次のように書いています。

郷土といふことは、以前われわれの人生の旅への出発の場所であつたと共に、又帰りたいと憧れるところとなる。（略）思ふに如何なる詩人といへど偉大な彼らはその生涯を劃する一種の郷土憧憬をもつてゐた。例へばヒペリオンを書いたヘルデルリーンをあげるのみとするが、しかしかゝる詩人にとつては郷土は単に生家の地を意味するのでなく、むしろ文化の発生の地を意味したことを注意しておかねばならない。ヘルデルリーンに於けるギリシアの如く。

かうしたわけで郷土憧憬は決して消極的なもののみではなかつた。それは消極的に見える時に於てすら一種積極的なものへの飛躍の手段としての退却でなくてはならない。

人が文化人としての教養の向上をかち得んとする時、その場合彼の精神の富の全体性をかたづくる最大の要素をつねに郷土を土台として展開したものであることを忘れてはならない。換言すればわれわれは人生より逃避し、低徊する場所としての郷土のみを考へることは出来ない。われわれが郷土に帰ることは同時にわれわれの文化的な向上の要素を吸ひとるための復帰であらねばならない。

保田の「郷土」観は、このような、文化に関わる実に「積極的な」ものでした。もちろんこの強さを支えているのが、彼の郷土がたまたま大和であったということにあることも間違いないでしょう。同じ文章の中で保田は、次のようにも書いています。

　私は今大学で美学を専攻してゐる。さうした性質からかもしれない。私はいつもかうした郷土の豊富な文化の遺産に感謝を禁じ得ない。時々休暇ごとに帰省して奈良などの諸寺院を訪ふと、きつとそこになんともいへない力強さを味ふ。それはつねに私を力づけさへした。生甲斐といつてももう単なる誇張言ではない。そして時々かうした世界的に数少い芸術品が余りにも知られないことに対し遺憾に耐へないと思ふ。例へば手近な室生寺にしても、そこにある一つ一つの建築が、彫刻が如何に輝かしい価値をもつてゐるか、あまり人は関心せぬ様である。もつと近い例をあげてもよい。桜井町下の聖林寺の十一面観音の如き天平彫刻中でも第一のクラスに属する作品、たゞこの一つの作品によつて世界の美術史家間に憧憬されてゐるこの寺が如何に観られてゐるかを私は知りたくない。

このように、奈良は、奈良の外にいる人の評価の方が高いことが多くあります。しかし、このように美術品の価値云々ということを問題にしている限りにおいては、まだ保田は若かったなという感も持てます。やがて保田はこの問題を、日本文化全体の問題へと普遍化していきます。その分岐点であると先程も述べました、『戴冠詩人の御一人者』を見ることで、日本人すべての故郷という概念について、見ていきたいと思います。

二、『戴冠詩人の御一人者』の魅力

「戴冠詩人の御一人者」(『コギト』昭和一一年七月～八月。なお八月号のものは「日本武尊再説」の題で掲げられた)の冒頭部は、私の住む羽曳野のことから語り始められていて、私にとって極めて身近に感じられる文章です。

河内古市の近くに日本武尊の御陵と伝へられる白鳥陵がある。(略)たゞ専ら現在の古市のあたりの美しい風土を回想することから、この戴冠の御詩人を語り始めたい。古市のあたりとは、今の大阪鉄道の沿線の土地である。赤埴の色のあざやかに恐らく日本で一等美しい土の香空の碧したところといつて過言でないだらう。記の埴生坂わが立ち見ればの歌どころも、その一帯につゞく土地である。土の色の赤く美しく、樹の緑のあざやかさ、そのうへの空の色は限りなく深い。だからこのあたりは山越しの大和の地と共に最も早く開けた日本の風土である。回想の中では、僕の少年の日と共に日本の少年の日が思はれる、限りもなくありがたいことである。

ここで注目したいのは、最後の一文です。個人の少年の日と、日本の少年の日が重ね併せられています。ここに保田の構想は明確に示されています。そしてその日本の少年の日の代表的存在が、日本武尊というわけなのです。

日本武尊が上代に於ける最も美事な詩人であり典型的武人であつたといふことは、僕らの英雄の血統、文化の歴史、ひいては文芸の光栄のために云はれることである。しかるに僕らの先人は、日本の血統をあまりにも尊重したために、この半ば伝説の色濃い英雄の、悲劇と詩については、明治の国民伝説の変革の中からも省略してゐた。国民的英雄とするには余りにも時代の距ての遠く懼れ多い御存在かもしれない。しかし僕はこゝでもことさらに「日本武尊」といふ一等通りよい御名をかりる。

ここでも語られるように、日本武尊は、著名でありながら、天皇にはならなかったために、歴史上でやや別の扱いを受けることになったことが、保田のこの古代の英雄への思いを深くする要因となっているようです。このことは、ちょうど聖徳太子の立場とも似ているものといえます。

ここに強調すべき伝承があります。『日本書紀』には、ヤマトタケルの父である景行天皇の宮は、纒向日代宮(まきむくのひしろのみや)とされていますが、現在の桜井市穴師(あなし)に比定されている点です。これが事実なら、ヤマトタケルの故郷は、桜井であった、つまり保田と同じであったということになります。

ただし、この父子関係は複雑でした。武人として優れていた日本武尊は、父である景行天皇に西の熊襲(くまそ)征討を命じられ、これを成し遂げ大和に帰ってきましたが、今度は東の夷(えびす)が叛(そむ)き、これも討つように命を受けます。尊は身も心も疲れ、また父への不信感も抱き始めていたようですが、命に背くことはできず、心ならずも出かけることにします。そして今度も無事平定し、大和をめがけて凱旋してきましたが、途中で言挙のために土地の神々の怒りを買い、難儀し、病んでしまいます。やがて伊勢の国の能褒野というところでいよいよ病が重くなり、ついには亡くなります。その臨終の直前、大和を思って歌ったのが、かの有名な、「倭は国のまほろばたたなづく青垣山隠れる倭し美し」の歌でした。つまりこの歌は、平時にただ大和の国の美しさを称揚しただけの歌ではなく、死に臨んで、自らの魂の帰りゆく故郷への強い憧憬と望郷の思いを込めて歌われたものだったわけです。そののち尊は、白鳥と化して、大和をさして飛び立ち、琴弾原というところに降り立ちました。さらにここにも留まらず、再び飛び立ち、河内の古市に降りました。さらにそこから、天上に翔け上がったとされています。こうして、能褒野、琴弾原、古市の三地に御陵ができたわけです。

日本武尊は、武人でありかつ詩人でした。この双方を兼ね備えることが、英雄の条件であると、保田は殊更に指摘しています。先にも述べましたが、荒ぶる神に対しての不用意な言葉、すなわち言挙のために、海が荒れ、また病を得たりしたことからもわかるとおり、古代においての言霊の力は、悪くも作用します。ここにも、言葉の関わりの重要性が認められます。詩人であり、言挙によって亡くなった古代の英雄日本武尊、ここに、文芸と文化と歴史の強い繋がりを見て取る保田の視線は、言霊が持つような神秘的で不可解なものの力が失われてしまった現代への批判的な視線をも用意します。

保田は早くもこの昭和初期に、この近代主義や西洋主義への偏向への警鐘を鳴らしていました。確かに、戦後民主主義の時代を経て、日本人は英雄というものを否定する傾向へと流れ、現代においては、平和平等主義が徹底しています。これは個人主義の重視の表れでもあります。私たち一般的な個人の普段の生き方としては、これは望ましい傾向なのかもしれませんが、その一方で、主人公や傍役、悪役など、特徴のある役割の分布によって世界を構築する文学の世界を貧困化させている要因であることも事実かと思われます。誰もが平等であることが絶対的に正しいのならば、主人公というような不平等の典型的な存在をもつ小説は、この人間世界に不当な差別主義を持ち込むジャンルということにもなりかねません。主人公を持つという事実は、物語にはそれを物語るために必然的に中心が必要であり、存在の不平等が虚構の必須条件であることを示します。ここに日常世界と小説などの芸術世界との最大の相違が認められます。保田の英雄待望論も、そのような芸術観などから齎らされたものと一応考えることができます。もちろんそれは、盲目的な国粋主義に結び付く危険性をも孕む主張ではあります。繊細な感覚で扱われるべき問題です。特に、時代背景が方向性を誘導する危険性については、容易に想像できます。保田の不幸は、昭和戦前期という時代の性格が関与したことにあったことは、先にも触れたとおりです。しかし、現代は条件が異なります。今こそ、あの時代の特殊性を外して、もう一度、英雄や特別な主人公を生んできた文化の特質を見直す作業が必要なのかもしれません。そうでなければ、自然主義以来の日本文学におけるある種の「貧困化」は今後もさらに進むばかりと考えられます。

あるべき日本文学の方向修正の観点から、故郷というものを考え直してみることも、一つの方法であると思われます。かつて文学は、文化の中心に位置し、文学が英雄を生み、英雄が文学作品を生んだ時代がありました。今、文学は、文化の周辺部に追いやられようとしています。これはとても残念なことです。

おわりに——文化の把握について

最後に、保田による「作品」の独特な見方を紹介しておきたいと思います。彼は、「白鳳天平の精神」(『新潮』昭和一二年七月)の中で、次のようなことを語っています。

例へば一箇の東院堂聖観音のまへに立つとき、私はこれが我々の祖先の作になるとの勇気を思ふまへに、再び来らぬものを思つて限りない悲観を感じるのである。今日の日本の文化を思ひ、これらの作品を古の日本人が作り得たといふそのことに、絶望の感をいだくのみである。我々はすでに、かかる「日本」を失つたのである。近代の支那人の多くの失つたものを、文化上の日本に於て、同じ失ひを私は感じるのである。

この絶望感は悲痛です。しかしながら、これをまた次のように言い直しもしています。

新薬師寺諸仏を眺めたのちに、薬師寺に於て見る諸仏に、私は自己の絶望を味はふのである。この幸ひな絶望への日に、しかも私は勇気をひしひしと感じるのである。

なぜ勇気が与えられるのでしょうか。それは、薬師寺の、すなわち白鳳の精神は天来のものであり、もはや再現不可能である点で、私たちにまず絶望を与えますが、新薬師寺のものは、「作品」としては、明らかに衰微したものでありながら、保田の言葉を借りれば、そこにはより「小説的」なものや、「意識を弄した物語界」が表れています。そしてこの両者の文化を、ともに考えることで、今後あるべき日本文化の具体的な例が得られると保田は考えています。すなわち、既に再現する力は失われてしまったが、そこに歴然と立つ到達不可能なものの存在と、かつての時代の、その到達不可能なものへの志向と努力を見る時、私たちには、到達不可能な高みの文化と、それへの限りない努力の可能性が得られるので、そこから絶望と勇気が同時に与えられるというわけなのです。

このことを保田は、興福寺の五重塔に登った際に気付いた、一つの「からくり」に託しても述べています。その「からくり」とは、「あの五重塔の組物の基部で外面から見て壁と見えるところが、内部の構造に立ち入るなら、木材をくりぬいて色彩をつけ、一見壁としての外見をつくつたものに過ぎぬ」(「技術と芸術」、『文芸汎論』昭和九年九月)というもので、ここから保田は、「復古といふ技術的訓練の限界」を見て取ります。つまりこの塔は、天平復興の精神によって室町時代に再建されたものとされてはいるが、実はその復興が技術的に不可能であったことを示す悲しい証言者でもあるというのです。そこに、保田は私たちの可能性を見出します。室町でさえ、保田のいた昭和からは既に遠く過ぎ去った昔です。たとえ天平の技術に劣っていようと、室町の五重塔もまた、途方もなく長い時間の証人として、特別の存在感を示します。私たちは、長い時間を建造物として空間化して見せる点に、歴史遺産の典型的な在りようを見て取ることができるわけですが、そこに正に存在する、再現不可能性と再現へのあくなき努力こそが、真に見て取るべき、歴史の証言であるというわけなのです。

要するに、不可能性、既に失ったという喪失などの要素から、日本文化は改めて捉えられるべきものなのであるという主張です。そしてこれこそ、ドイツ・ロマン派的発想の最たるものといえましょう。失われたからこそ、希求され、憧れ得るのです。

このような発想、すなわち、そこにあるものだけを鑑賞するのではなく、そこにはない失われたものをも見て取っていく態度において、大和を見直す時、私たちにも新たな視線が生まれてくるのではないでしょうか。

廃墟にかつての幻影を見ながら、礎に触れること。これは、歴史の幻視かもしれません。しかしそこに介在する想像力は、私たちにとって、不可能を可能にする力となることもまた事実です。文字だけで書かれた文学が、この想像力に強く関わることは、もはやいうまでもありません。

第九章

興福寺をめぐる物語——古代から近代まで

はじめに

近松半二ら合作の浄瑠璃『妹背山婦女庭訓』(明和八(一七七一)年、大阪竹本座初演)は、大きく、奈良の都と、吉野、それから三輪山の地名や伝説を取り込んだ狂言です。『歌舞伎事典』(平凡社、昭和五八年一一月)の今尾哲也の「解説」によると、この作品は、「近松門左衛門の《大職冠》など藤原鎌足の蘇我入鹿誅戮に取材した先行作を踏まえ、大和に伝わる十三鐘や衣掛け柳、苧環(おだまき)伝説を加えて脚色したもの」で、各段の構成は以下のとおりです。

初段(大序=大内)(中=春日野小松原)(詰=蝦夷館)

二段目（口＝猿沢の池）（奥＝葛籠山鹿殺し）（詰＝芝六住家）
三段目（口＝太宰館）（奥＝同）（詰＝山の段）
四段目（口＝井戸替え）（奥＝杉茶屋）（道行）（詰＝入鹿御殿）
五段目

このとおり、典型的な五段構成の時代物です。

初演角書には「十三鐘／絹懸柳」とあり、三作石子詰の伝説と、猿沢の池畔の采女（うねめ）入水の伝説の二つが変奏して取り込まれ、作品の基調を作り上げています。さらにこの狂言には、吉野川を挟んだ妹背山という舞台や、蛇が主役である三輪山の苧環伝説など、奈良大和の伝説がふんだんに織り込まれています。現行の公演では、「杉酒屋」の三輪や、「山の段」の吉野川が舞台として有名ですが、淡海公すなわち興福寺の事実上の創建者である藤原不比等を主な登場人物とするこの狂言は、実は興福寺近辺を最も重要な舞台とする物語なのです。

一、売りに出された五重塔

奈良といえば、大仏や鹿とともに、猿沢池畔の柳越しに見る興福寺のあの雄麗な五重塔を、まず思い浮かべる人も多いのではないでしょうか。全国から集まる修学旅行生たちは、今も変わらず、池から興福寺寺域に上がる幅広の五二段で、塔を背景にした集合写真に収まっています。興福寺五重塔は、現在、世界遺産都市奈良のシンボル的建造物の一つとなりました。しかしながらその名声は、明治期には想像だにできないものだったようです。

室町期の一四二六年に建てられたこの五重塔が、明治の初期、廃仏棄釈のあおりを受けて、五〇円で売りに出されたという話が伝わっています。真偽のほどは必ずしも明らかではありませんが、高田十郎の『奈良百題』(青山出版社、昭和一六年七月)に収められた「五十円の五重塔」という文章によると、この話は有名なものではありますが、売り手や買い手にも、また値段にも諸説があるようです。明治初年代頃、例えば明治五年の白米一〇キログラムの値段が三六銭であったといいますから、現在までの物価上昇率を約一万倍として、当時の五〇円は現在の五〇万円といったところでしょうか。しかも買い手は、塔は焼いて、その金物のみを採る気でいたといいますから驚かされます。私たちは、五重塔をかけがえのない文化財としてのみ眺めることに慣れすぎているのではないでしょうか。

幸いながら、この商談は成立しませんでした。その結果、五重塔としては京都教王護国寺(東寺)のそれに次ぐ日本第二位の高さを誇るその勇壮な姿を、国宝として今に伝えることができました。ここには歴史の偶然性が見え隠れします。例えば五重塔よりさらに二四〇年ほど古い、文治三(一一八七）年以前に建立されたと伝えられる食堂などは、明治維新後まで存していたにも拘わらず、明治七（一八七四）年に壊されてしまいました。この事実に照らし合わせてみても、塔の焼却破壊はまんざらあり得ない話ではありません。明治一四年の興福寺再興許可の頃までは、堂塔寺宝の保存に関して、何が起こっても不思議でない状況にあったわけです。

思えば、古くから伝わる建造物を見て、それが失われることを憂うというのは、その建造物に対して同時代性を見ない私たちの、むしろ親近感が薄れた証拠であり、近代という時代のもたらした感傷的な態度にすぎないのかもしれません。

文化財は、自ら文化財であることを主張はしません。それらはただそこに存在するだけであり、私たちの視線が文化財としての意味を生じさせるのです。興福寺の五重塔が売りに出されたという事実は、このごく当たり前のことを、改めて私たちに教えてくれます。

二、境界なき寺

正岡子規が、「秋風や囲もなしに興福寺」「浴堂の外に鹿鳴く興福寺」と句にしたように、今も興福寺の寺域の境界は曖昧であり、気がつけば奈良公園の一劃に続いていて、その境界を鹿も人もあまり気にしないようです。

興福寺五重塔（2019年4月3日，著者撮影）

興福寺は、宇治山階（山科）の藤原鎌足の邸内に建てられた山階寺を起源とし、飛鳥に政治の中心地が移った際、高市郡厩坂に遷された厩坂寺をその前身とします。興福寺としての歴史は、和銅年間の平城遷都に伴い、藤原不比等が平城京左京三条七坊の地に遷した時に始まるとされています。法相宗の大本山として、南都七大寺の一に数えられるこの寺は、藤原氏の氏寺であり、七三四年頃には既に、広大な寺域に三金堂を並べた壮麗な大伽藍を誇っていました。しかし、治承四（一一八〇）年の平重衡（しげひら）の兵火を始め、数々の祝融に遭い、現在、草創時の建物は一つも残っていません。ただ、鎌倉復興造営など、大規模な再建事業もしばしば行われ、建築の際の復古精神などから、天平の面影をかろうじて今に伝えています。往時の繁栄には比べるべくもありませんが、現在も中金堂、北円堂、東金堂、五重塔、南円堂、大湯屋、三重塔などの諸堂塔を構えています。また仏像などの宝物も、国宝館その他に数多く残されています。

興福寺の歴史において最大の受難期は、あるいは佐佐木信綱が「ふるてらのかはらの松は昔にて法の道芝かれはてにけり」（『心の花』明治三一年六月）と詠んだ明治期であったかもしれません。近代における興福寺の歴史は、かつての繁栄からは程遠く、ただその盛時の痕跡を留めるにすぎない廃墟のイメージから始まるものだったのです。

寺域の西端に沿うように南北に連なる東向商店街は、現在の奈良を代表する繁華の地の一つです。この商店街は、当初、西側に興福寺との境界を示す築地があったために、その名のとおり東向きに店を構えたものばかりであったものが、現在は両側に店が並び、境界は後退して北円堂のすぐ西の塀に移されています。南側三条通に面していた南大門も今はその跡を残すのみで、興福寺は門なき寺としても、境界の曖昧さを示しています。

この境界の曖昧さもまた、近代に入ってから形成されたものです。『奈良新聞』に連載された北村信昭の『奈良いまは昔』（奈良新聞社、昭和五八年一一月）には、一九五九年に北村が氷室神社の先代宮司大宮守秀翁（当時八三歳）から直接聞いた回顧談を整理した、次のような文章が掲げられています。一八八〇年前後の興福寺の様子と思われます。

ともかく私――守秀翁――が物心ついた頃は、興福寺界隈の荒れようといったら、本当に無茶苦茶でございましたな。土塀は各堂毎に一画ずつ巡らしていて、別に大きく境内をぐるりと取り巻いた土塀があった。恰度いまの裁判所（註・旧建物のこと）の塀のようなゴツイものでした。

こうして土塀に取囲まれていた頃の境内は陰気で、夜は無気味、堂裏は乞食の巣窟であったし、花の松あたりには追剥も出る始末だった。

京街道の四ツ辻に東の御門、裁判所の西に西御門、北円堂の南西、東向へ下る所に、通称アケズの門があり、これは破戒僧を追放するときに開く不浄門であった。

したがって、境界なき寺の印象は、荒廃を示すのではなく、むしろ明治中期以降の開かれた興福寺の在り方を表象します。

池田小菊の「帰る日」（『大阪朝日新聞』大正一四年五月一日～七月二九日）という小説は、奈良の街を舞台に、紀伊子という女性が、恋人正也や、父が結婚を勧める久雄、先駆的で魅力的な女性である叔母などとの人間関係を通して、さまざまな経験を重ねる物語です。連載直後の八月、朝日新聞社より刊行された『帰る日』の「序」には、まず序詩が掲げられ、「さうした私の心持ちを、紀伊子といふ黎明期前のヒステリー女に盛つて見様と思つて、描いたのがこの作品です」と書かれています。掲載実現の経緯については、『評伝池田小菊』（生田幸平、一九八三年三月）に、「菊地寛の小説が連載されるはずだったのが、急に都合が悪くなったのである。どうしようかと困っていたところ、編集員の中に〝池田小菊〟を知っている人がいて話をもちかけてきたのであった」と書かれています。大正一一年の朝日新聞社の長篇小説懸賞募集で、小菊の作品は佳作となっていました。

池田小菊は和歌山県に生まれました。この作品の主人公東紀伊子の名も、このことを受けての命名でしょう。大正一〇年一月に、奈良女子高等師範学校（現奈良女子大学）附属小学校の訓導に就任し、奈良にやってきた小菊は、間もなく鍋屋町に移り、死ぬまでこの鍋屋町に住み続けました。連載の翌年には、当時奈良に居を移していた志賀直哉の幸町の家を、女子高等師範学校での講演を依頼するために訪れ、講演自体は断られましたが、以後、志賀と親しく行き来することとなります。後には志賀家の家庭教師をも務めています。いわゆる高畑サロンの一員となったわけです。

作品には公園、興福寺、猿沢池、東向、登大路など、奈良の地名がふんだんに鏤（ちりば）められています。ここを舞台に、紀伊子が、父が勧める久雄と恋人正也との間で悩み、叔母という「先駆的女性」の影響も受けながら、正也と叔母の仲を疑い東京へ逃げるが、やがて正也の迎えで奈良に「帰る日」が描かれます。

以上のことから、この作品には、奈良の固有名詞がふんだんに取り込まれています。奈良が観光地としてではなく、いわば生活の地として描かれた作品ですが、そのせいもあってか、この作品の中での興福寺は、あくまで公園の一部であり、それ自体が訪れるべき対象としてクローズアップされることはほとんどありません。

私は正也に送られて、今度は興福寺の前の道をとることにした。六百年の歴史を物語る「花の松」のところを曲ると、松の古木つゞきの公園が、前にひらけた。凄い。だけど恋愛の中の二人には、却つて冒険に興味が湧く。用もないのに、二人は重なり合つて、その中を一廻り歩いた。

このように、興福寺をただ通り道とすることは、彼ら夢見がちの恋人たちに特別のことではなく、市民一般に自然な行動のようです。

「花の松」はかつて東金堂前にあった有名な大松で、昭和三年一一月に奈良市産業課が発行した『奈良名勝記』にも、「元禄の始め頃奈良県添上郡古市村の広瀬佐治右衛門が先祖の菩提を弔ふ為め永年枯れぬ花を植え度いとの心願から遂に松を選んで此処に植えたものであるが、其の松は年々繁茂して其の枝は恰も花の如くになつた」と紹介されています。元禄に植えたものですから、「六百年の歴史」を物語るというのは事実ではなく、東金堂や五重塔もこの時点で再建後五〇〇年ほどなので、年代については作者の思い違いであろうと思われます。ちなみにこの松は、残念ながら昭和一二年に枯死してしまいました。ここで興味深いのは、作者が「花の松」を曲がった前を「松の古木つゞきの公園」と呼んでいる点です。明らかに境内をいうはずのこの言葉にも、寺域と公園の区別のなさが表れています。

上司小剣の「木像」(『読売新聞』明治四三年五月六日〜七月二六日)の冒頭もまた、生活の地として、次のような景色を描き出しています。

興福寺の金堂前で打ち揚げる花火の音が、今日だけは眠りから覚めたと云ふやうな顔をした人々の頭の上に凄まじく響いて、煙りの中から舞ひ出た赤い風船や黄色の紙片は、五重の塔の上あたりを徐ろに動いてゐた。

興福寺は、このとおり、奈良の町に溶け込み、その境界を明確にせずに、あたかも奈良の町と寺々の自然な共存関係を体現するかのように、そこに存しています。

三、残されたいにしえの面影

たとえ堂塔が焼けても、そこに安置されていた仏像のすべてが運命をともにするわけではありません。幸いにして運び出され、堂塔とは別の運命をたどることもあります。救われた仏像は、別の堂塔に移されたり、寺務所内の宝蔵に収められたりすることが通常でしょうが、荒廃した興福寺の場合にはやや違う場合がありました。明治二七年、つい近所に奈良帝室博物館が竣工すると、多くがここに出陳されたのです。昭和三四年になって寺域内に宝物収蔵庫国宝館が建てられ、再びここに集められるまで、博物館はあたかも寺外宝物館のような存在でした。これを引き継いだ現在の国宝館には、国宝指定を受けている彫刻だけでも、乾漆八部衆立像八体、乾漆十大弟子立像六体、銅像仏頭（旧山田寺講堂本尊）一箇、板彫十二神将立像一二面、木造金剛力士立像二体、木造天燈鬼・龍燈鬼立像二体、木造千手観音菩薩立像など多くが収められています。

これら仏像の中でも、殊に、八部衆の一である阿修羅の人気がずば抜けて高いようです。三面六臂の異形でありながら、その面影は少年を思わせ、不思議なリアリティーをもつからでしょうか。八部衆は、かつて西金堂の本尊釈迦如来の周りに安置されていたもので、この堂自体は享保二（一七一七）

年の大火で焼失して以来、再建もされていません。

阿修羅の面影は、訪れる人々の口を殊更に饒舌にするようです。会津八一は、『山光集』（養徳社、昭和一九年九月）に、「阿修羅の像に」と題して、「ゆくりなきもののおもひにかかげたるうでさへそらにわすれたつらし」という歌を掲げています。かつて奈良に住み、志賀直哉の高畑の家をもしばしば訪れた森敦も、「阿修羅の面差し」（『日本の美』第四集「東大寺興福寺運慶快慶」学習研究社、昭和五二年七月）というエッセイの中で次のように書いています。

> おなじ八部衆にしても、阿修羅は五部浄や沙羯羅（しゃから）などと、どことなく顔が似ている。しょせん、工人はおのずとそのひとのものと知られる像をつくるのだから、これがそのだれによってつくられたかに、考えを及ぼすこともできるだろう。しかし、ぼくは、それよりも共通のモデルのあることから、そのモデルの実在したことを信じ、いまはもはや礎石を残すばかりになった青丹よし奈良の都の賑わいの中に、美しくも可憐なその人の姿を求めて夢みたに違いない。

会津八一も森敦も、この像を帝室博物館で見ています。興福寺の仏像は、薄暗い堂内から出て、博物館に展示されるという形式を採ったため、彫刻として鑑賞されることが自然となり、却って評価される機会が増えたものと見えます。同じエッセイの中で森敦は、「阿修羅は今日の人からすれば首をかしげたくなるであろうほど、今日のような評価は受けていなかった」とも書いています。

この阿修羅の容貌に、保田與重郎の「問答師の憂鬱」（『コギト』昭和七年六月）に登場する「僕」の旧師は、問答師の「憂鬱」を見て取っている。問答師とは、第三章でも触れたましたが、李家正文の『歴史のふるさと奈良』（人物往来社、昭和三七年一〇月）の要約を借りれば、次のような人物です。

むかし、インドの健陀羅国の帝王である見生王が、あるとき生きている観音さまにあいたいと祈っていた。発願して入定すること三七日、二十一日目の満願の夜、「生身の観世音を拝そうと思うのなら、これから東海州の大日本国を訪ね、聖武王の正后光明女のお姿を拝するがよかろう。」という夢のお告げをえた。だが、万里蒼波の海がある。美人は見たいが、それがいけない。そこで彫刻の名匠問答師を代わりにはるばる日本に送った。

問答師は、ようやく難波についたけれど、皇后さまにあうこともかなわない。やがて、願いがかなって、「ただいま生母橘大夫人のために造営中の興福寺西金堂の本尊丈六釈迦仏の座像を彫ってくれるなら姿を見せましょうという。」(ママ)しらせがきた。問答師は、大そう喜んでこれをひき受けた。この像を刻みながら、庭上を歩行されている皇后の御姿を拝した。そのままに三体の十一面観音を刻んだ。一体は問答師がインドに持って帰った。一体は皇后さまに贈って内裏に安置された。一体は施眼寺に安置した。内裏におさめたものが、いま法華寺に残るのだという。

この問答師の「憂鬱」を体現したものが阿修羅像であると、「僕」の旧師は見るわけです。このような見解はもちろん一般的なものではありません。しかしこの見立ては、インドの異教の神と、インドからはるばるやってきた異国の彫刻家とのイメージを重ね合わせて、説得力がないわけでもありません。むしろ、人々の古代への空想をよけいにかき立てるでしょう。

そもそも、仏像をこのように特定の人物に準えること自体がよくないことなのかもしれませんが、多くの像がそのように拝されてきたこともまた事実です。仏像はまた人物像として、いにしえの人々の息吹を伝えることを可能にします。保田は仏教彫刻が私たちを魅了するその仕組の一つを、作中人物の口を借りて語ったわけです。

現在は北円堂に安置されている国宝指定の木造無著・世親立像二体もまた、当時博物館にあり、森敦の心を奪った像です。北インドの高僧の姿を写したその写実性は卓抜です。志賀直哉も感嘆したといいます。これら感動もまた、興福寺荒廃の皮肉な賜物です。

ところで、大正六年になって、帝室博物館の総長兼図書頭に任じられたのが森鷗外です。鷗外は、翌大正七年から没年の前年である大正一〇年まで、毎年一一月頃、正倉院曝涼のために東京から奈良に出かけています。彼が現在の正倉院展の前身であるところの正倉院拝観の特例を開いたのも、この大正七年のことでした。この年から没年の大正一一年まで古社寺保存会委員でもあった鷗外は、その晩年、奈良やその古美術に深い縁があったのです。

鷗外は、亡くなる年に「奈良五十首」(『明星』大正一一年一月)という小歌集を発表しました。そこには、興福寺に関しても「興福寺慈恩会」と題された六首の和歌が含まれています。慈恩会は、毎年一一月一三日、法相宗の祖師慈恩大師の忌日に催される法会であり、僧侶たちが唯識の研鑽を積む場です。

いまだ消えぬ初度の案内の続松の火屑を踏みて金堂に入る
観音の千手と我とむかひ居て講読が焚く香に咽びぬ
本尊をかくす画像の尉遅基(うつちき)は我れよりわかく死にける男
梵唄は絶間絶間に谺響してともし火暗き堂の寒さよ
なかなかにをかしかりけり闇のうちに散華の花の色の見えぬも
番論議拙きもよしいちはやき小さき僧をめでてありなむ

この六首は、用語からも窺えるように、法会の専門的な知識に裏付けられたもののようです（平山城児『鷗外「奈良五十首」の意味』笠間書院、昭和五〇年一〇月）。例えば石川淳もまた、鷗外に倣って慈恩会を見学していますが、その次第を記した「奈良再遊」―（『鷗外全集』「月報」一五、昭和四八年一月）には、「法会の次第はそこにつらなつて耳に聞き目に見れば俗人のたれにでもわかるといふものではない」と書かれています。石川淳が見たのは昭和四七年の慈恩会で、この年は、興福寺と薬師寺の会場もちまわりのうち薬師寺の番で、興福寺のそれではありませんでしたが、鷗外の見たものとほぼ同じ次第によるものではありました。鷗外も同様に、やはり、ただ見るだけで歌を詠むことは容易ではなかったと想像されます。また鷗外の考証癖は、この法会についても予習を怠らせなかったであろうことも推察されます。

慈恩大師の画像を見て、自らの年齢を顧みた鷗外もまた、法会を通して、古き時代に思いを馳せていたのではないでしょうか。

四、猿沢池と塔

泉鏡花の「紫障子」（『新小説』大正八年三月～四月）の主人公である「木菟」という人物は、南地の芸妓芦絵を道案内に、奈良見物に出かけた際、大仏殿を始め、東大寺興福寺の諸堂巡礼をし、猿沢池畔の「勝手屋」という旅籠に泊まり、そこである京の御寮人に出会います。この御寮人は、実は蛇の術者で、京の女たちが信じる蛇神の巫女のような存在であり、この怪異譚の主役を務める人物です。作中において「木菟」たちが蛇の怪異を目にするのは京においてですが、猿沢池畔はその前奏曲の役割を担っています。ここに猿沢池と蛇のイメージ連鎖を認めることができます。これは、奇しくも同年に発表された芥川龍之介の「竜」(『中央公論』大正八年五月)や、その原話とされる『宇治拾遺物語』の「蔵人得業猿沢池ノ竜ノ事」という説話の竜のイメージに通じるかもしれません。芥川の「竜」の作中には、通りすがりの法師が「これ程の池の底には、何十匹となく蛟竜毒蛇が蟠つて居ようも知れぬ道理ぢや」と説法する場面も見られ、竜と蛇との近接性を示しています。しかも説話の中では現れなかった竜を、芥川は登場させてしまったのです。

河井酔茗の詩集『塔影』(金尾文淵堂、明治三八年六月)の集名にも選ばれた「塔影」という詩は、「岸に聳ゆる五層塔」「九輪の影は水に在り」と、水に移る塔の姿を浮かび上がらせています。その姿はあるいは池から天に昇る竜にも見立てられるかとも思えます。

猿沢池には、もう一つ別の哀話が伝わっています。時の帝に一度は召され、二度とは召されなかったことを悲しんだ采女が入水したという采女伝説です。猿沢池の西北畔には采女社があり、東畔には采女が身を投げる際に衣を掛けたという衣掛柳の石碑があります。

大湯屋の南にあり、十三鐘の名で知られる菩提院大御堂の東南には、三作石子詰の旧跡が残されています。神鹿を殺したために石子詰にされた少年の伝説に基づくものです。

これらの伝説が、『妹背山婦女庭訓』に取り込まれたことは、先に見たとおりです。

おわりに

口承の伝説は無形のものです。しかし人は、その伝説の拠り所を、有形の痕跡としての遺跡に求めます。これは、その伝説の真否確認のためというより、物語のイメージ喚起のためでしょう。奈良の町の中央に位置し、かつては奈良法師と呼ばれた多くの僧兵まで抱え、南都随一の勢力を誇りながら、明治には見る影もなく荒廃した興福寺。今はその存在をさほど主張しないこの寺は、あたかも人生の激しい変転盛衰を経て年老いた、無口な老人のような存在と見えます。敢えてその懐に入り、耳を傾ける時、老人は、ぽつりぽつりと、その往時の絢爛たる思い出を、私たちに語ってくれることでしょう。

註　なお、本章の内容は、浅田隆・和田博文編『文学でたどる　世界遺産奈良』（風媒社、平成一四年一月）の「興福寺」の項に書いた拙稿を講演用に改稿し、さらに加筆したものである。

第一〇章

若草山から三輪山まで——三島由紀夫『豊饒の海』「奔馬」を中心に

はじめに

奈良盆地を鳥瞰してみますと、ＪＲ奈良駅から、やや東南に向かったＪＲ桜井線が、京終駅から、ほぼまっすぐ桜井駅まで南下しています。これに沿うように、東側には山が壁のように並んでいます。北は若草山、春日山、高円山から、南は三輪山までの、奈良盆地の東壁です。このＪＲ桜井線のすぐ東側には、飛鳥時代に整備されたとされる、上ツ道が通っていました。今もその名残りの道が続いています。さらに、その東側、山の裾野を廻るようにあるのが、上ツ道よりずっと以前に整備されたとされる、いわゆる山辺の道です。これらの古代以来の道に沿って、帯解（おびとけ）寺、天理、石上（いそのかみ）神宮、崇神天皇陵、景行天皇陵、そして大神神社が在しています。上ツ道の北の果ては猿沢池あたりです。これらに奈良市内の元興寺、興福寺、東大寺、春日大社を加えますと、この山に沿った道が、永きにわたりいかに重要なものであったのかがよくわかります。

第九章に触れましたとおり、近松半二ら合作の浄瑠璃『妹背山婦女庭訓』には、大きく奈良の都と吉野、それに三輪山の地名や伝説が取り込まれています。かなり壮大な土地感覚で描かれた物語ですが、冒頭の舞台は奈良市内で、三段目が吉野、そして四段目に杉茶屋の段としてお三輪が登場する有名な「道行恋苧環」が用意されています。これは、活玉依毘売（いくたまよりひめ）のもとに夜ごとに男が通い、ついに毘売が身ごもったために、男の正体を知るべく両親が男の衣の裾に糸をつけ、翌朝その糸を訪ねると、三輪山の大物主神の社に続いていたという、『古事記』に見える「三輪山伝説」を取り込んだものです。『名作歌舞伎全集』第五巻「丸本時代物集四」（東京創元社、昭和四五年一〇月）の戸板康二の「解説」には、次のように書かれています。

四段目の口は井戸替えの段を端場にした三輪の里の杉茶屋で、がらりと場面が変わる。（略）求女娘のお三輪が、烏帽子折に身をやつして求女と名のっている淡海を、入鹿の妹橘姫と争う。求女は姫の裾に赤い糸をつけて、入鹿の御殿へ入り込もうとする。お三輪は、恋心に駆られて求女の裾に白い糸をつけ、あとを慕ってゆく。ここで「道行恋のおだまき」となり、男一人と女二人の争いがあって、切の入鹿の御殿になる。

この苧環の場面の演出が、「三輪山伝説」から採られていることはいうまでもありません。まずこの伝説を詳しく見ていきたいと思います。

一、三輪山伝説

『古事記』の「三輪山伝説」とは以下のようなものです。荻原浅男・鴻巣隼雄校注『古事記　上代歌謡』（『日本古典文学全集』一、小学館、昭和四八年一一月）の訳文を掲げます。

　此の意富多々泥古と謂ふ人を神の子と知れる所以は、上に云へる活玉依毘売、其の容姿端正しかりき。是に壮夫有りて、其の形姿威儀時に比無し。夜半の時、儵忽に到来る。故、相感でて、共婚ひして供に住める間に、未だ幾時も経ぬに、其の美人妊身みぬ。爾に父母、其の妊身みし事を怪しみて、其の女に問ひて曰はく、「汝は自ら妊めり。夫无く何の由にか妊身める」といへば、答へて曰はく、「麗美しき壮夫有りて、其の姓名も知らぬが、夕毎に到来りて、供に住める間に、自然懐妊みぬ」といひき。是を以ちて其の父母、其の人を知らまく欲り、其の女に誨へて曰はく、「赤土を床の前に散らし、へその紡麻を針に貫きて、其の衣の襴に刺せ」といひき。故、教の如くして旦時に見れば、針著けし麻は戸の鉤穴より控き通りて出で、唯遺れる麻は三勾のみなりき。爾に即ち鉤穴より出でし状を知りて、糸の従に尋ね行けば、美和山に至りて、神の社に留まりき。故、其の神の子とは知りぬ。故、其の麻の三勾遺りしに因りて、其の地を名けて美和と謂ふなり（此の意富多々泥古命は神君・鴨君の祖）。

この箇所の前に、「三輪山の神を祭る」ことを書いた箇所があります。崇神天皇の御代に疫病が流行った際、天皇が愁えていると、大物主大神が意富多々泥古を以て「我が前を祭らしめ」よ、と告げる夢を見たので、これによって三輪山がご神体となって祭られるようになったとのことです。

一方、『日本古典文学大事典』（明治書院、平成一〇年六月）には、「三輪山型説話」（矢嶋泉）という項目が採られていますが、ここには以下のように書かれています。

『古事記』中・崇神条の大物主神と活玉依毘売の神婚説話を典型とする話型の名称。未婚の乙女の許を素性不明の男が夜ごと訪れるようになり、時を経ずして乙女は懐妊する。両親は妊娠の理由を尋ねるが、乙女は男の姓名を知らない。そこで、針に通した麻糸を訪れた男の衣に刺すよう両親が教えると、翌朝、糸は戸の鍵穴を通り三輪神社に至っており、男が神であることを知る。大物主神は蛇体として知られるように、この話型は異類婚姻譚に属し、(略)昔話「蛇聟入り」として全国に分布する。(略)

この「蛇聟入り」の話は、直接的には『妹背山婦女庭訓』に取り入れられていません。ただこの異類婚姻譚は、実に深い次元で、この芝居に取り込まれています。

先に見た戸板康二の「解説」には、次のような文章も見えます。

芝六が、禁をあえて犯して、爪黒の鹿の血汐を手に入れる。
鱶七が、嫉妬に狂うお三輪を刺し「疑着の相ある女の生血」を手に入れる。
このふたつの血を混じて鹿笛に注ぎかけて吹くと、極悪非道の超人入鹿は、その色音に感じて正体を失う。というのは、入鹿という人物が、老いたる蘇我蝦夷が白い牝鹿の生血をとって妻に与えた験によって生れたという宿命的な事情が伏在するからなのである。

実に荒唐無稽な設定です。おそらく悪役である「入鹿」の名前から、奔放な想像力によってこのような設定となったことは容易に想像されます。また、ある特定の条件を持つ「血」などが不治の病を劇的に平癒させるという設定は、『摂州合邦辻』（菅専助・若竹笛躬作、安永二（一七七三）年二月、大坂北堀江市ノ側芝居初演）などを挙げるまでもなく、歌舞伎にはよく見られるところです。

この異類婚姻譚に準じると思える人間と鹿との交流によって超人が生まれるという設定が、「蛇聟入り」と同根の伝説形成要因であると考えられるわけです。

『妹背山婦女庭訓』は、この異類婚姻譚を蛇から鹿に変奏し、伏在させ、それと引き替えに、苧環の伝説を舞踊の様式美として取り込んだわけです。ここには、高度な伝説利用の力を感じずにはいられません。

二、三島由紀夫『豊饒の海』「奔馬」と大和

三輪山は、三島由紀夫の最後の長篇小説『豊饒の海』の第二部「奔馬」（『新潮』昭和四二年二月～昭和四三年八月）の冒頭近くにも登場します。『豊饒の海』は四部からなりますが、その枠組は輪廻転生を描く物語です。第一部は「春の雪」（『新潮』昭和四〇年九月～昭和四二年一月）で、松枝清顕と綾倉聡子の王朝風の恋愛が中心の物語です。本多繁邦という清顕の友人も登場します。この本多が、以後、およそ二〇年ごとに清顕の生まれ変わりを順に見届けるという構成になっています。第二部は「奔

馬」で、飯沼勲という生まれ変わりの青年が昭和維新の計画を行うという物語です。第三部は大きく変わって、タイのバンコックを舞台とする「暁の寺」(『新潮』昭和四三年九月～昭和四五年四月)で、ジン・ジャンという女主人公が次の転生者です。ここで本多は輪廻転生の研究のために唯識論を学んでいます。そして第四部が「天人五衰」(『新潮』昭和四五年七月～昭和四六年一月)です。安永透という青年が主人公ですが、ここでは、この転生者が二〇歳を過ぎても死なないことで、贋物であることが明らかになるという「オチ」になっています。また、この最終部では、本多が、かつての清顕の恋人で今は月修寺の門跡となっている聡子と再会を遂げますが、聡子に清顕の存在を否定され、すべてが無に帰するという、何とも空しい結末になっています。

「天人五衰」の連載中の昭和四五年一一月二五日に三島は亡くなりました。正しく絶筆と呼ぶにふさわしい作品です。

「奔馬」に戻ります。「春の雪」が華族たちの恋愛という「たおやめぶり」の雅な世界であったのと好対照に、この作品に描かれるのは、昭和の武人たちの「ますらおぶり」の世界です。勲はまず、大和大神神社の境内で行われた神前奉納剣道試合の選手として登場します。そして来賓である本多の前で、五人抜きという花やかな剣士ぶりを見せつけます。ここで大神神社と三輪山とは、次のように紹介されます。

官幣大社大神神社は、俗に三輪明神と呼ばれ、三輪山自体を御神体としてゐる。三輪山は又単に「お山」と称する。海抜四百六十七メートル、周囲約四里、全山に生ひ茂る杉、檜、赤松、椎などの、一木たりとも生木は伐られず、不浄は一切入るをゆるされない。この大和国一の宮は、日本最古の神社であり、最古の信仰の形を伝へてゐると考へられ、古神道に思ひを致す者が一度は必ず詣でなければならぬお社である。

さらに、「祭神大物主大神は、大国主神の和魂（にぎみたま）であり、古くから酒造の神とする信仰があつた」とも紹介されています。境内に「荒魂（あらみたま）」を祭る「狭井（さゐ）神社」があり、この神社に対して軍人の信仰が厚いために、ここで剣道の試合も行われるようになったとのことです。今も三輪山に登る入り口にこの狭井坐大神荒魂神社（さいいますおおみわあらみたま）はあり、山に登る人はここでお祓いを受けてから登るようになっています。その参道途中に、三島由紀夫の筆による「清明」という字が彫られた石碑もあります。これは、「奔馬」執筆のために昭和四一年に三島がここを訪れた際、記念に書いた色紙の字とのことです。

さて、本多は昼食後、禰宜に案内され狭井神社に参拝した後、初老の案内人を先導に三輪山に登ることを許されます。本多の目を通し、神域三輪山は次のように描写されています。

清明の碑（2013年6月25日，著者撮影）

周囲約四里の三輪山は、西辺の御本社の背後に当る大宮谷を含む禁足地のまはりに、九十九谷の山裾をひろげてゐた。少し登ると、右方の柵の中の禁足地が窺はれたが、下草の茂るにまかせた禁足地の赤松の幹は、午後の日を受けて瑪瑙のやうにかがやいてゐた。

「もう一息でございます。そこがもう頂上です。沖津磐座（おきついはくら）と高宮（かうのみや）神社がございます」

と案内人はさして息切れもしない声で言つた。

けだし三島由紀夫がここに登った際に目にした風景でしょう。高宮神社のあたりが四六七メートルの標高で、あたりには巨石の群れが七五三縄のうちに置かれています。

ここには、現在では申請し注意を守りさえすれば何人（びと）でも登れます。それでもその神域に古代の余香を嗅ぎ取ることは未だに可能です。境内の杉の大木の前には、蛇のためにいつも卵と酒とが供えられています。ここには古代以来の信仰がまだ生きているようです。三島由紀夫が敏感に反応したのは、個々の伝説ではなく、この土地の空気だったのかもしれません。

三、天理周辺と山辺の道

最後に、天理周辺と山辺の道についてですが、後者の『万葉集』との繋がりはあまりに有名ですので、ここでは深く触れず、ごく短く触れておきたいと思います。

北尾鐐之助『近畿景観第二篇大和・河内』（創元社、昭和六年一月）には、「天理教界隈」という章が設けられています。そこには以下のような文章が見えます。

省線の桜井線には、この町に「丹波市」といふ停車場をもつてゐるが、こゝへ着く大軌電車の終点駅は「たんばいち」と呼ばないで「てんり」と呼ぶ。

そこに営利会社の怜悧さが窺はれる。

丹波市の町は、奈良から初瀬に通ずる、所謂上街道の一つの宿場、小さい街村に過ぎなかつた。俗に奈良から三里、初瀬から三里の合の宿と云はれて、上方地方から伊勢参宮に行く、中途の旅籠町として発達したところであつた。鉄道が敷けるまでは、初瀬から伊賀街道を名張に出であれから伊勢へ通ふのが本道であつた。

大和平野の東北部、東に一帯の丘陵を望んだ、名の通りの山辺のみちは、春ともなれば、桃、桜咲く霞の中から、雲雀の声とゝもに、賑やかな伊勢参宮の道中の唄がつゞいた。それが、いつの間にか、あの狂ほしい天理教団参の楽隊行進曲と変つてしまつたのだ。

さらに同章には、この天理近辺が、天理教以前より、由緒のある土地であったことが、大和(おほやまと)神社と石上神宮の丁寧な紹介とともに、次のように示されています。

大和神社と云ひ、石上神宮と云ひ、天理教の発祥地である丹波市に、この二つの有名な官幣大社があるといふことは、多く世間に知られてゐない。毎日、毎夜、天理教の神殿は、参詣者の群れで渦巻き返してゐるが、近きこの二つの官幣大社には、一日僅か、一人か二人の参詣者があるのみに過ぎない。

敬神とは?、信仰とは? そして現代の宗教とは?

これはなかなか難問です。

また、「交通の変遷は予測することが出来ない。一本の軌道の結び目が、土地の発展をどうふり変へてしまふか分らぬものだ」という穿った見方も示しています。

一方、山辺の道は、天理教の喧噪とは別に、古代の歌の世界を今に伝えるかのように遺っています。もちろん道は整備され、歌碑が点在し、恰好のハイキングコースとはなっていますが、山が近いせいもあり環境が破壊し尽くされたわけではありません。

大宮守誠・三岡亮『山の辺の道』（近畿観光会、昭和一六年六月）には、次のような文学との関連が書かれています。

> この山辺道は昔を偲ぶよすがともなるべき懐しい風物と物語りを伝へてゐる。その中でも日本書紀武烈天皇の条に載せられた大連物部麁鹿火（もののべのあらかひ）の娘影媛の物語はその尤なるものであらう。影媛は恋人の平群の鮪（ひれ）（大臣真鳥の子）が大伴金村のため乃楽山（なら）で殺されたことを知り、傷心の身を乃楽山に運んで尽きぬ恨みを歌に綴つた。
>
> いそのかみ布留を過ぎ、こも枕高橋過ぎ、物さはに大宅過ぎ、はるひの春日を過ぎ、妻籠る小佐保を過ぎ、玉笥（たまけ）には飯さへ盛り、玉盌（たまも）には水さへ盛り、泣きそぼち行くも影媛あはれ。

この歌は又布留、高橋、大宅、春日、佐保の地名を現はして、当時の石上から乃楽山への交通路即ち山辺道の北線を示してゐる。丹波市町の喜殿は山辺道の線に沿うてゐた。平安朝の女流歌人赤染衛門は『後拾遺集』に

泊瀬にまゐりけるに、きどのといふ所にやどらんとし侍りけるに、誰としりてかといひければ、答へずとてよめる

名乗せば人知りぬべしなのらずは木の丸殿をいかにすぎまし

といふ歌を載せてゐる。

このとおり、古い時代より初瀬にも通う道として開かれたこの道は、人々が時代を重ねて通うたびに、人々の思いを吸収し、電車ではあっという間に通り過ぎる風景をじっくり鑑賞させるがために、さらにそこに文学的な装飾を加え、歌や文章を育む土地として、文学的な成長をしていったと考えられるわけです。

おわりに

谷崎潤一郎の「卍」(『改造』昭和三年三月〜昭和五年四月、断続連載)は、女性同士の同性愛の物語です

が、その柿内園子と徳光光子は、最初の「デート」として、大阪から奈良の若草山にハイキングに出かけます。これはまさに「大軌」（今の近鉄奈良線）による日帰りピクニックの典型です。『近畿行脚』（創元社、昭和三年四月）の中に「山焼きで名高い嫩草山」の見出しで、「青毛氈を敷きつめたやうに生へ茂つた芝生の山、誰も一度は登つて見たいと思はせる親みのある山で、（略）山上は極めて見晴しがよいから、奈良盆地・市街・村落・交通路の模様を観察するのには都合がよい」という記述が見えます。ここから二人は、当然ながら、西の方、大阪との間にそびえる生駒山などを眺めています。東壁の山にいるので、当然の視界です。

「奔馬」の聡子のいる尼寺月修寺は「帯解」にあると書かれていますが、法華寺、中宮寺とともに大和三門跡と数えられる尼寺圓照寺がそのモデルとされています。現在は非公開とのことです。

また、「奔馬」の本多は率川神社の三枝祭を見物しています。率川神社は、奈良市内の三条通にあり、現在でも三枝祭は有名です。例年六月一七日開催、一〇時三〇分からゆり祭、一三時一五分から行列とのことです。この際に用いられる笹百合は、三輪山から提供されます。

　奈良の東端の南北の線もまた、文学的濃度の高い線といえます。

第一一章

西の京の魅力――井上靖「天平の甍」その他

はじめに

西の京という言い方は、もともと、平城京などの都の中央を南北に貫く朱雀大路の西側の地域、右京のことを指すものです。平城京の朱雀大路は現在の近鉄奈良線の大和西大寺駅と新大宮駅の真ん中あたりに位置していますので、西大寺から南下する近鉄橿原線と秋篠川に沿うように位置する薬師寺、唐招提寺、さらに西大寺は、正に右京に当たり、大安寺は、朱雀大路を挟んで、左京に、薬師寺に相対するように建っていました。

志賀直哉は子供のために、日曜日などには、高畑から、西の京の尼ヶ辻に近い垂仁天皇陵まで散策に来ていたようです。この垂仁天皇陵の堀には、ときじくの木の実を探しに出かけた田道間守の墓とされる島もあります。

現在の奈良を代表する東大寺や興福寺、また春日大社のある奈良公園周辺は、平城京から見れば、実はかなり東に外れています。皮肉にも、むしろかつての都の中心に近かった西の京の方が、未だに田園風景を残し、古代の空気を微かに感じ取ることのできる場となっています。

一、井上靖「天平の甍」と唐招提寺

井上靖の「天平の甍」(『中央公論』昭和三二年三月〜八月)は、鑑真の来朝という歴史的事件と、遣唐使派遣という、これも時の政府にとっては、莫大な費用のかかる大事業とを扱う物語です。これ以前にも、遣隋使派遣など、中国との交流はありましたが、この小説の扱う世界は、とりわけ国際色豊かな印象を与えます。

物語は、大安寺の僧普照と、興福寺の僧栄叡(ようえい)とに、留学僧として唐に渡る話が出たところから始まります。二人に告げたのは、元興寺の僧隆尊でした。

これら三つの寺は、いずれも南都七大寺に数えられる、奈良を代表する寺です。しかしながら、元興寺と大安寺については、現在は往時の盛んな様子を窺うような遺跡が少ないために、そのイメージの再現が必要となります。南都七大寺とは、通常、東大寺、興福寺、元興寺、大安寺、西大寺、薬師寺、法隆寺の七カ寺を指します。ただし法隆寺は斑鳩の里とやや遠くにあるので、法隆寺の代わりに唐招提寺を加えることもあるようです。しかしながら、「天平の甍」の時点ではこの寺は当然ながら未だ存在しませんので、ここでは七大寺にはこだわらないことにします。

この小説は、鑑真のようやくの来朝の後については、やや駆け足に語っていますが、ほぼ結末に当たる部分で、唐招提寺について、以下のように書かれています。

天平勝宝七年二月、鑑真は西京の新田部親王の旧地を賜り、そこに精舎を営み、建初律寺と号した。この工事の途中聖武上皇崩ぜられて、造営は一時中止となったが、孝謙天皇は先帝の遺志をつぎ、天平宝字元年勅して金堂等の工を始め、三年八月にして成り、天皇より「唐招提寺」の勅額を賜って山門に懸けた。

そしてこの唐招提寺の落成と同時に、天皇は詔して、出家たる者はまず唐招提寺にはいって律学を学び、のち自宗を選ぶべしと宣したので、寺には四方から学徒が集まり講律受戒は頗る盛んになった。

このとおり、天皇により、あらゆる宗別を超えて学ぶ場として位置づけられたために、多くの僧の集まる、いわば大学の教養部のような役割を果たしたというわけです。

さらに、以下のようにも描かれています。

唐招提寺の主な建物が大体落成したのは三年八月であった。普照は唐招提寺の境内へはいると、その度にいつも金堂の屋根を仰いだ。その大棟の両端に自分が差し出した唐様の鴟尾の形がそのまま使われてあったからである。

鑑真が寂したのは、唐招提寺ができてから四年目の天平宝字七年の春であった。（略）この年五月六日、鑑真は結跏趺坐して、西に面して寂した。年七十六。死してもなお三日間頭部は暖かった。このため久しく葬ることができなかった。

このとおり、物語は、鑑真の死を以て閉じられます。

唐招提寺を語るに、鑑真和上の存在は外せません。これは、本来ならばどの寺においても、その開基とともに語られるべきことを思い合わせれば、やや特殊なことにも見えます。この寺だけは、今も鑑真の寺というわけです。興福寺にしても法隆寺にしても、庇護者としての創建者は著名ですが、開基の僧はさほどでもありません。東大寺がやや例外に見えるほどです。そのためもあって、この寺を訪れた人々は、開祖である鑑真和上の座像を拝し、これをこの寺の象徴とするようです。芭蕉も、「笈の小文」の中で、この尊像を拝した後、「若葉して御目の雫ぬぐはばや」という句を詠んでいます。鑑真が、この寺の国際性を代表し、そして、この寺の特殊性をも代表しています。

堀辰雄は『大和路』の「十月」(『婦人公論』昭和一八年一月~二月)に、次のような文章を書いています。

いま、唐招提寺の松林のなかで、これを書いてゐる。(略)此処こそは私達のギリシアだ——さう、何か現世にこせこせしながら生きてゐるのが厭になつたら、いつでもいい、ここに来て、半日なりと過ごしてゐること。——しかし、まづ一番先きに、小説なんぞ書くのがいやになつてしまふことは請合ひだ。(略)この寺の講堂の片隅に埃だらけになつて二つ三つころがつてゐる仏頭みたいに、自分も首から上だけになつたまま、古代の日々を夢みてゐたくなる。……

ここには、さらにもう一つの国際性が書かれています。奈良が古典的な世界として思われる時、それはヨーロッパにおけるギリシアに準えられます。そして、その実に長い時間のスケールの中で、現代に生きる私たちの生が、相対的に、ちっぽけなものに見えてくるというわけです。これは、例えば空間的には、とてつもなく高い塔の上に立った時などにも感じるものでしょう。現実生活においては、視線の届く周囲と、毎日の生活に追われていますが、時に、大きなスケールでものを見、長い時間の中に自分の生の短い時間を置いてみると、私たちには、私たちという存在の有限性を改めて認識でき、そこに、虚しさばかりではなく、むしろ開き直りに似た、解放感を受け取ることもできるわけです。古代の大和が私たちに示すものは、このような自己を相対化する世界の存在なのです。

二、薬師寺東塔の魅力

薬師寺の東塔を評して、アーネスト・フェロノサが「凍れる音楽」と評したということになっていますが、現在では、これは伝説として退けられています。

佐佐木信綱は「ゆく秋の大和の国の薬師寺の塔の上なる一ひらの雲」と詠みました。また会津八一の「鹿鳴集」には、「すゐえんのあまつをとめがころもでのひまにもすめるあきのそらかな」「あらしふくふるきみやこのなかぞらのいりひのくもにもゆるたふかな」とあります。いずれも、塔と雲とに焦点が当てられています。西塔が再建されたのは昭和五六年ですから、彼らの見た塔は、東塔のみですが、その三重でありながら裳階を持ち、一見すると六重にも見え、五重塔以上の威容を誇るこの東塔こそは、薬師寺を代表するものでした。

亀井勝一郎の『大和古寺風物誌』に、昭和一四年の春の景色として、以下の記述が見えます。

薬師寺は由緒深い寺であるにも拘らず、法隆寺などと比べて荒廃の感がふかい。当事者もこの寺の保存については何故か無関心であるらしい。金堂内部の背後の壁は崩れたまゝになつてゐるし、講堂にいたつては更に腐朽が甚しい。近くの唐招提寺とともに古の平城京の右京に位して、あたり一帯はいまは農家と田畑のみ。周囲にめぐらした土塀も崩れ、山門も傾き、そこに蔦がからみついて蒼然たる落魄の有様である。（略）崩れた土塀に沿うて歩いて行くと、天平人たちの亡霊がふいに現れて来さうに思ふ。彼らの衣の香り、衣ずれの音までがふと聞えてくるやうだ。肉体は滅びたが、彼らの霊魂はなほ深い郷愁をもつてこの辺りを彷徨つてゐるのであらうか。（略）荒廃した寺の裡に、却つて不思議な生命を感じさせるものがあるのだ。

この感想は、令和の今の薬師寺の様子からは意外に思われるほどですが、小学生の頃、友人とこの寺を訪れた際、私も同様の感じを持ったことを覚えています。昭和四〇年代後半のことで、当時は西塔もまだ再建されていませんでした。仏足石がいかにも無造作に境内に置かれていた印象があります。

特に亀井は、崩れた土塀に、むしろ美しさを感じたようです。以下のように続けています。

大和古寺の土塀や奈良近郊の民家の築地は、さう鮮かなものではなく、赤土のまじつた、古びた地味な感じのするのが多い。よくみると繊細な技巧の跡がうかゞはれる。そして崩れたまゝにしてあるところに、古都の余香が、或は古都のたしなみとも云ふべきものが感ぜらるゝ。かやうな塀にふさはしいものは何であらうか。薬師寺の辺りを歩いてゐたとき、私はふとそれを見出した。朝鮮服をまとうたひとりの貧しい老婆であつた。黒い袴に白い上衣をきて、紐を大きく胸のあたりにむすんだのが、歩くたびにゆらりゆらりとゆれる。右腕に古びた壺を一つ抱へてゐる。その侘しい姿が、陽炎のまつはる崩れた土塀に沿うてとぼとぼこちらへ歩いて来たとき、私ははじめて廃墟の完璧な姿に出会つたやうに思つた。これは古の百済の民の亡霊なのであらうか。嘗つて我が国に数多く帰化し、我々の祖先とともに大伽藍を建立した人々の末裔――。大和の春を思ふたびに私の心に浮ぶのは、このはげしい零落の姿である。

これは、多分に空想に彩られた風景ですが、薬師寺の荒廃した姿の向こう側に、かつての実に華やかな姿を重ねて見て取るものです。そこには、唐招提寺のそれとは別種の国際性も窺えます。

薬師寺東院伽藍の聖観音立像は、天武天皇の時代に、百済王から贈られたものとされています。百済という国と古代日本との繋がりは周知のとおり格別のものでした。薬師寺の空気には、この古代の朝鮮半島の空気も混じっているようです。

三、田道間守伝説

西の京からやや北、垂仁天皇陵の堀の中に、田道間守の墓と伝えられる小さな島があります。田道間守とは、垂仁天皇の命で、常世国に非時香菓（ときじくのかぐのみ）を求めて渡ったとされる人物です。お菓子の神（菓祖神）として今も各地に祀られています。京都吉田神社の末社には菓祖神社もあります。昭和三二年鎮祭の新しい神社で、京都府菓子卸商業組合の祭神とのことです。これに典型的であるように、菓子業界からの信仰が厚い神です。『古事記』中巻の垂仁天皇の項に「時じくの香の木の実」（荻原浅男・鴻巣隼雄校注『古事記 上代歌謡』、「日本古典文学全集」一、小学館、昭和四八年一一月）として掲げられる節の訳文を掲げます。

又天皇、三宅連（むらじ）等の祖、名は多遅摩毛理（たぢまもり）を以ちて常世国（とこよのくに）に遣はして、ときじくのかくの木の実を求めしめたまひき。故（かれ）、多遅摩毛理、遂に其の国に到りて、其の木の実を採りて、縵（かげ）八縵・矛八矛を以ちて将ち来つる間に、天皇既に崩りましき。爾に多遅摩毛理、縵四縵・矛四矛を分けて大后に献り、縵四縵・矛四矛を天皇の御陵の戸に献り置きて、其の木の実を擎げて叫び哭きて白さく、「常世国のときじくのかくの木の実を持ちて参上りて侍ふ」とまをして、遂に叫び哭きて死にき。其のときじくのかくの木の実は、是れ今の橘なり。此の天皇の御年、壱佰伍拾参歳。御陵は菅原の御立野の中に在り。

常世の国とは、理想郷のことで、おそらく中国に渡って、今でいう温州蜜柑のようなものを持ち帰ったのではないかと考えられています。天皇の年齢からも、伝説の域を出ない話ではありますが、外来種の果物を菓子として移入した話としては、その背景に、何らかの根拠があるようにも思えます。多遅摩毛理こと田道間守は、古代へのロマンティックな思いを私たちに与えてくれる存在です。

四、西大寺という誤解

西大寺を西の京に含めるのは、言葉としてはやや違和感がありますが、大きく平城京の右京側として、ここで少し触れておきたいと思います。

西大寺もまた、南都七大寺のうちであることは、先にも述べました。しかし、今は全くといってよいほど見る影もない寺といえます。毎年、春の大茶盛の時だけ話題に上るようです。この寺は、聖武天皇と光明皇后を両親に持つ女帝孝謙天皇の創建であることと、鎌倉時代の思円上人こと興正菩薩叡尊（大茶盛を始めたと伝えられる）の中興とがよく知られていますが、東大寺という、いわば奈良のみならず、日本を代表する巨刹と、その名を並べるがゆえに、却って誤解されているところが多いのかもしれません。

田中重久『西の京』（近畿観光会、昭和一六年五月）には、以下のように書かれています。

東大寺と西大寺の関係は平安京に於ける東寺、西寺の成立と甚だしくその性質を異にしてゐる。東寺、西寺は何れも平安京の経営と相前後して殆ど同時に建立され、その寺地も各四町で、平安宮の前を南に走る朱雀大路を挟んで、極めてシンメトリカルに東西に建立されたのと異り、東大寺が平城宮の東方にあり、西大寺は宮の西に隣してゐるといふのみで、創立の年代も、寺地の広さも、伽藍の配置も、その大きさも全く異つてゐる。

このとおり、もともと、対になるような寺ではなかった、ということのようです。同書には、次のような総括も見えます。

されば今日西大寺を訪づれて、孝謙天皇御創建の西大寺、さては興正菩薩再建のそれを想見せんとすることは全く不可能事ともいふべきであらう。寺運の衰頽は南都七大寺の何れもが免れ得なかつた所であつたが、この寺の退転は殊に甚しく、世間一般の寺々と大差なきものとなつてしまつたことは惜しみても余りありといふべきである。

さて、この寺を舞台にした文学も、また実に少ないのです。第九章にも取り上げた、上司小剣の奈良と大阪を舞台にする長篇小説「木像」にも、「蓮華院から西大寺へ廻つて、三人は夕方に奈良の市へ帰つた」とさらりと書かれるだけです。尾上柴舟は、第四詩集『日記の端より』(辰文館、大正二年一月)に「そのかみの柳もみえず白き路西大寺につゞくさびしさ」という歌を詠んでいます。この歌こそ、西大寺、ひいては西の京全体のイメージを示すものと思われます。

おわりに

先にも述べましたとおり、近鉄橿原線と並行するように、西の京には南北に秋篠川が流れています。これをやや北にたどると、秋篠寺に到ります。西大寺からはすぐ近くです。この寺の技芸天立像はよく知られています。

秋篠寺（1990年2月12日，著者撮影）

堀辰雄が前掲の『大和路』の「十月」に次のように書いています。

いま、秋篠寺といふ寺の、秋草のなかに寝そべつて、これを書いてゐる。いましがた、ここのすこし荒れた御堂にある技芸天女の像をしみじみと見てきたばかりのところだ。このミュウズの像はなんだか僕たちのもののやうな気がせられて、わけてもお慕はしい。（略）
此処はなかなかいい村だ。寺もいい。いかにもそんな村のお寺らしくしてゐるところがいい。さうしてこんな何気ない御堂のなかに、ずっと昔から、かういふ匂ひの高い天女の像が身をひそませてゐてくだすつたのかとおもふと、本当にありがたい。

この寺は、宮家の名前として採られたために有名になりましたが、ここには、技芸天女の名から、芸能関係者の参拝も昔から多いようです。技芸天女は、かつて薬師寺の東塔がそうであったように、そして例えば興福寺の阿修羅像がそうであるように、この寺を代表します。もちろん、それぞれの寺には、他にも見るべきものはたくさんあります。しかしながら、人が何かを鑑賞するためには、対象が多すぎては、愛慕の情が分散されてしまいます。また、愛慕の情に強弱をつけることで、寺全体の印象がくっきりと明確化するということもあります。私たちの芸術鑑賞には、このような強弱をつけることこそが必要なのではないでしょうか。

さて、秋篠寺は、奈良の中でも、猿沢池周辺の喧噪から離れ、未だに昔のままのたたずまいを残しているような場所にあるために、価値があるようです。これは、西の京全体に、未だ残る空気かもしれません。それは、奈良という、京都と比べても古都として、長い間歴史の中心からは遠ざかっていたかつての都であるという性格が、土地の空気です。全くの田舎ではありません。かつては都であり、今はその長い余韻の中に埋もれているような土地であることが生み出す空気です。これは、稀少です。

秋篠寺を起点に薬師寺に到る南北の線もまた、奈良の地図に引くことのできる魅力の尽きない線の一つです。秋篠川線とでも名付けるべきでしょうか。

第一二章

飛鳥めぐり——坂口安吾「安吾新日本地理」と堀辰雄『大和路』の歴史観

はじめに

飛鳥は、聖徳太子や蘇我一族と縁の深い土地です。聖徳太子の誕生地とも伝えられる、縁の深い橘寺を始め、蘇我馬子の桃原墓と伝えられる石舞台古墳、蝦夷と入鹿の邸宅があったとされる甘樫丘などがあり、馬子が建立した本格的な寺院としてはわが国最初とされる飛鳥寺跡に飛鳥寺の通称で呼ばれる安居院(あんごいん)には、鳥仏師作の飛鳥大仏があります。この他、高松塚古墳や、猿石、鬼の雪隠、鬼の俎、亀石、酒船石などの石像物、岡寺、天武・持統天皇陵など、名所が目白押しで、今は恰好のサイクリング・コースとなっています。

聖徳太子については、斑鳩を扱った第六章においても述べましたが、極めて優秀でありながら、結

酒船石（2015年9月20日，著者撮影）

局天皇になれなかったことが、その神秘性と伝説とをより広く流布させる力となったようです。聖徳太子は用明天皇の皇子ですが、特記すべきは、その母穴穂部間人皇女（あなほべのはしひとのひめみこ）が、馬子の妹と欽明天皇との間に生まれた、馬子の姪であった点、すなわち、蘇我氏との繋がりが極めて緊密であった点です。蘇我馬子の勢力は絶大であり、物部守屋を倒してからは、傀儡として立てたはずの崇峻天皇をも殺すほどになります。なお、物部氏との戦いにおいては、聖徳太子、当時の厩戸皇子の大きな貢献があったようです。当然、聖徳太子もまた、庇護者であった蘇我馬子のことを、次第に警戒もしたものと推察されます。つまり推古天皇の摂政として、長く政治を司った聖徳太子と、蘇我一族との距離感は、実に複雑なものがあったようです。しかしながら、今、「ようです」とばかり話してきましたが、実は聖徳太子の時代の歴史については、文献上確かなものが残っているわけではなく、聖徳太子自体がいなかった、という歴史観を表明している人もいるほどで、今から歴史の真実を明らかにすることは実は困難なのです。むしろそのあたりが、私たち現代人の古代へのロマンをかき立てるのかもしれません。

さて、当然ながら、この地にも、多くの文学者が訪れています。しかし、意外に、個々の史跡への言及は少なく、むしろ、聖徳太子や蘇我一族、中大兄皇子や中臣鎌足、天武・持統など、古代の人物群像の歴史について思いを馳せる文章の方が多いようです。確かに、遠い歴史を考える際に、私たちは、土地ではなく、人物中心に考える訓練ができているのかもしれません。歴史における人物像の魅力についても考えながら、この日本を代表する古代の空気を伝える土地を机上散策してみることにしたいと思います

一、「安吾新日本地理」と歴史観の転換

坂口安吾に「安吾新日本地理」(『文芸春秋』昭和二六年三月〜一二月)というシリーズがあります。日本の各地を経巡り、そこで常識とされてきたそれぞれの土地の歴史について、安吾が独自の視点からその変更を求めるべく、切り込むというスタイルの歴史エッセイです。この中に、「飛鳥の幻」(『文芸春秋』昭和二六年六月)という文章も含まれています。安吾はこれを書くために、谷崎潤一郎が「吉野

葛」を書いたのと同じ、「サクラ花壇」に泊まって取材したようです。初出時、副題は「安吾新日本地理・吉野・大和の巻」というものでした。このうち、「大和」の巻は、概ね、飛鳥を扱っています。まず以下のように書かれています。

吉野の宿で、私は夜の十二時に目をさましていました。そして、地図をみたり、考えたりしていました。アスカ。タナカ。アマカシノ丘。イカズチ。ヒノクマ。オカ。四時起床。五時半に出発。アスカへ、アスカへ。十五年ほど前にもブラリと京都の下宿を着流しで出てウネビへ着き、アスカの地へと志したことがあったが、金もなく、土地にも不案内な人間には、手軽にアスカ遍歴を志してもムリですね。四方のあらゆる山々も野も畑も丘も川も、みんな同じようだもの。地図や写真は相当に長期にわたって眺めた覚えの土地であるが、山水風物が四方八方こうよく似ていては、どうにもならん。いさぎよく諦めて帰ってきた。二、三十分土をふんだというだけで、十五年前に行った時は何一ツ見物しなかったのです。

そうして、二度目は、大きく、二つのことを考えて歩いたようです。まず一つは、古代の記録と『上宮聖徳法王帝説』という写本の欠字についてです。

聖徳太子と馬子が協力して、天皇記、国記、各氏族の本記というものを録した由ですね。文字のあるところ、必ずそのような記録があるべき性質のものだ。それが完璧に残っていませんね。大極殿で入鹿が殺され、蝦夷がわが家に殺されたとき、死に先立って、天皇記と国記を焼いたそうだ。もっとも恵尺という男が焼ける国記をとりだして中大兄に奉ったという。

蘇我氏の亡びるとともに天皇家や日本の豪族の系図や歴史を書いたものがみんな一緒に亡びたのかね。そういう記録が一式揃って蘇我邸に在ったというのは分るが、蘇我邸にだけしかなかったということはちょッと考えられないことだね。文字の使用者が聖徳太子と馬子に限られていたという蒙昧な時代ではなかったはずだ。それらの記録は蝦夷とともに焼けた。または、蘇我氏とともに亡びた。しかし、蘇我氏の亡ぼされた如くに、それらの記録も亡ぼされた、ということを一度は疑ってみても悪くはなかろう。焼ける国記を恵尺がとりだしたということは、弁解的な筆法で、事実はアベコベにそれを焼いたのが彼ら自身だとみることも、歴史家や学者はやらないかも知れないが、タンテイというものはそういう下司なカングリをやらかすものなのさ。

こうして安吾は、「タンテイ」として、この歴史の欠損について考えています。

この本（『上宮聖徳法王帝説』――引用者註）に、ごく稀に、二字三字ずつ欠字があるのは、なぜでしょうね。虫くいの跡ではないね。虫くいにしては数が少なすぎるし、欠字の形が縦横に不自然でなければばならない筈だ。この欠字はいつもタテであるし、前後がハッキリしていて、ある単語や、ある意味をなす一句の全部がチョッキリ欠字になっていることを示しているのである。虫がそんなにチョッキリと食う筈はないね。

つまりこの欠字は人から人へ写本されつつあるうち、誰かが故意に欠字にしたものだ。しかも甚しく曰くありげなところに限って欠字になっているのである。相慶之の写本以外の異本があるなら、見たいな。同じところが欠字になっているかしら。曰くありげとは、天皇の名とか、ミサザギの場所とか、そういう事が記載されているらしい所に限って欠字になっているのさ。

そしてこの欠字には、入鹿や蝦夷が、自ら天皇を称していたことが書かれてあったのを、後に中大兄皇子たちが、慌てて消したものと考えています。

皇極二年に山背大兄王及び十五王子を殺すとともに、蝦夷か入鹿のどちらかがハッキリ天皇位につき、民衆もそれを認めていたのではないかね。即ち、

「□□□天皇御世乙巳年」は皇極天皇の飛鳥ではなく、甘檮岡だか林太郎だか他の何物だか知らないが、蝦夷天皇か入鹿天皇を示すどれかの三字があったのだ。私はそう解くね。(略)蝦夷入鹿は自ら天皇を称したのではなく、一時ハッキリ天皇であり、民衆がそれを認めたのだ。私製の一人ぎめの天皇に、こんな妖しい記述をする筈はないね。その程度のことは、否それよりも重大な肉親の皇位争い、むごたらしい不吉な事件はほかにいくつもあるではないか。
蝦夷入鹿とともに天皇記も国記も亡び失せた意味は明瞭だ。蝦夷が焼いたのではなく、恐らく中大兄王と藤原鎌足らが草の根をわけて徹底的に焼滅せしめたのに相違ない。

これが安吾「タンテイ」の推理です。もう一つ、「建内スクネ」という伝説の人物についての考察が行われています。この伝説にも、歴史家の作為が見られるというわけです。そして、記紀以降の歴史書の信頼性を、危ういものと暴いていきます。

ともかく、大和を中心にした夥しい古墳群(ミササギも含めて)は小心ヨクヨクたる現代人のドギモをぬくに充分な巨大きわまるものだね。玄室の石の一ツの大きさだけでも呆気にとられるね。それらの古墳は、どれが誰のもので、誰の先祖だか、実はてんで分るまい。記紀が示した系譜なるものが、実は誰が誰の祖先やら、人のものまでみんな採りいれたり、都合のわるいのを採り去ったりしているに相違ないと思われる。

しかし、大そうな豪族がたくさん居たことだけは確かだね。その子孫はどこへどうなったものやら。ヒノクマの帰化人などもどこへどうなったものやら私自身がそれを採りだす能力はとてもないね。

八木で電車を降りるとき、五尺五寸ぐらいもあって肉づき美しく、浄ルリ寺の吉祥天女そっくりの白いウリザネ顔のお嬢さんを見た。あの土地で、否、あの土地へ着いた時に見たから、甚しくおどろいたね。しかし、幻でした。なぜなら、その時以来は目を皿にして行き交う男女の顔や形を見つづけたが、昔をしのぶ男女の顔形はついに再び見ることができなかったからです。

当り前の話だろうね。幻さ。すべての時間が。

この結論は、私たちにいろいろなことを考えさせます。しかし、現代においては未だ、衝撃が少ないかもしれません。振り返ってみると、これは、昭和二六年という時代に書かれたものでした。昭和二〇年の終戦から、まだあまり時間が経っていません。この時、昭和天皇の人間宣言に代表されるように、日本の天皇制は大きな岐路に立たされました。このような時代であったからこそ、この安吾の歴史観は、人々にかなりの衝撃を与えたものと想像されます。

二、飛鳥の風景の二重性

この地には、血なまぐさい争いの遺跡も多く残っています。その代表は、中大兄皇子と中臣鎌足が行った、大化の改新における、蘇我入鹿誅殺でしょう。

明日香の地から東に、紅葉や蹴鞠行事で有名な談山神社があります。この神社の裏山には、皇子たちが蘇我氏を滅ぼす計画を談(かた)い合ったとされる、「談い山」の跡があります。この神社の拝殿に展示されている「多武峰縁起」という絵巻には、入鹿の首が宙を飛んでいる、実に生々しい図があります。また、大津皇子や壬申の乱など、天皇家をめぐってだけでも、血肉の争いが繰り返され、実に烈しい武力抗争があった時代です。

その一方で、今は、実に静かで平和な風景が広がっています。言葉は適当でないかもしれませんが、このギャップもまた、明日香という土地を魅力的にしているのかもしれません。

堀辰雄の『大和路』の「古墳」に、奈良ホテルに滞在している堀が、明日香を訪れたことが書かれています。昭和一六年一二月のことです。「J兄」に宛てた書簡体の小説であり、三年前の五月に、この「J兄」とともに歩いたことを回想しながらの文章です。

けふは、朝のうちはなんだか曇つてゐて、急に雪でもふり出しさうな空合ひでしたが、最後の日なので、おもひきつて飛鳥ゆきを決行しました。が、畝傍山のふもとまで来たら、急に日がさしてきて、きのふのやうに気もちのいい冬日和になりました。

三年まへに君と同道してこの古い国をさまよひ歩いたときから僕のうちに萌しだした幾つかの考へのうちでも、まあどうやらかうやら恰好のつきだしてゐるものを、ともかくも一応君にだけでも報告しておきたいと思ふのです。

けふ僕がいろいろな考へのまにまに歩いてきた飛鳥の村々にしたつて、この前君と同道してゐなかつたら、けふのやうには好い収穫を得られなかつたのではないかと思ひます。もし僕ひとりきりだつたら、僕はただぼんやりと飛鳥川だの、そのあたりの山や丘や森や、そのうへに拡がつた気もちのいい青空だのを眺めながら、愉しい放浪児のやうに歩きまはつてゐただけだつたでせう。——が、君に引つぱつてゆかれる儘、僕はそんなものをつひぞ見ようとも思はなかつた古墳だの、廃寺のあとに残つてゐる礎石だのを、初夏の日ざしを一ぱいに浴びながら見てまはつたりしました。

談山神社（2016年11月15日，著者撮影）

ここには、いわば飛鳥めぐりの楽しみ方の両極端のタイプが書かれています。一つは、この田園風景を純粋に楽しむこと、もう一つは、この飛鳥の豊かな歴史の趾を訪ね歩くことです。「僕」はその一例として「あの菖蒲池古墳のごときは、君のおかげで僕の知つた古墳ですが、あれなどはもつとも忘れがたいもののひとつでありませう」と書いています。

もう少し具体的に、「僕」の足跡を追ってみましょう。まず、三年前です。

さうです、そのときはまづ畝傍山の松林の中を歩きまはり、久米寺に出、それから軽や五条野などの古びた村を過ぎ、小さな池（それが菖蒲池か）のあつた丘のうへの林の中を無理に抜けて、その南側の中腹にある古墳のはうへ出たのでしたね。――古代の遺物である、筋のいい古墳といふものを見たのは僕にはそれがはじめてでした。

その玄室の奥ぶかくから漂つてくる一種の湿め湿めとした気とともに、原始人らしい死の観念がそのあたりからいまだに消え失せずにゐるやうで、僕はだんだん異様な身ぶるひさへ感じ出してゐました。——やつとその古墳のそばを離れて、その草ふかい丘をずんずん下りてゆくと、すぐもう麦畑の向うに橘寺のはうに往くらしい白い道がまぶしいほど日に赫きながら見え出しました。僕たちはそれからしばらく黙りあつて、その道を橘寺のはうへ歩いてゆきました。……

この「菖蒲池古墳」を、堀は「あやめいけ」と読んでいますが、今は「しょうぶいけ」と呼ばれることが多いようです。この古墳の「古代の家屋をいかにも真似たやうな石棺様式」や、「一つの石廓のなかに二つの石棺を並べてある」珍しい様子などが、「僕」に古代への思考を誘っています。大和から河内にかけては、古墳は、一部のものを除いて、無雑作なほど開放的に保存されています。その数も実に多い。そのことが、やはりこの土地を初めて訪れる人々には驚きを与えるようです。

一方、「僕」の「けふ」の行程は、以下のようなものでした。

軽のあたりをさまよつた後、剣の池のはうに出て、それから藁塚のあちこちに堆く積まれてゐる苅田のなかを、香具山や耳成山をたえず目にしながら歩いてゐるうちに、いつか飛鳥川のまへに出てしまひました。ここいらへんはまだいかにも田舎じみた小川です。が、すこしそれに沿つて歩いてゐますと、すぐもう川の向うに雷の村が見えてきました。（略）それから僕は飛鳥の村のはうへ行く道をとらずに、甘橿の丘の縁を縫ひながら、川ぞひに歩いてゆきました。ここいらからはしばらく飛鳥川もたいへん好い。

その日の夕がた、最後のバスに乗りおくれた僕はしやうがなく橘寺をうしろにして一人でてくてく歩き出しました。途中で夕焼けになり、南のはうに並んでゐる真弓の丘などが非常に綺麗に見えました。それから僕はせつかくその前まで来てゐるのだからと思つて、菖蒲池古墳のある丘を捜してそこまで上がつていつて見ました。

こうして、「僕」は、五条野あたりで道に迷いながら、月あかりの中、岡寺の駅に着いたようです。何気ない散策記でありながら、風景が過去と現在との二重写しになっていることは明らかです。堀の場合は、特に小説家として、書くために、何かを手探りしている様が強調されていますが、明日香の里に来た人の多くが、ただその現実の田園風景だけを見ることの方が少ないのではないでしょうか。むしろ、土地の重なった時間を重層的に見ること、それをより容易に可能にしているのが、明日香という土地の特徴のようです。

吉村正一郎編『素顔の奈良』（実業之日本社、昭和四八年四月）に収められた、寺尾勇の「奈良の魅惑の原点」には、「飛鳥大仏と高松塚古墳の美女たち」と題して、飛鳥大仏を通してのこの土地の歴史が、次のようにやや複雑な時間感覚で描かれています。

いくたびかの火災のため、傷だらけのみほとけ。痛ましい破損と修理を受け、残骸となりながらも、なお、古代の面影を伝えようとする飛鳥安居院（飛鳥寺）の、丈六金銅釈迦如来の口辺に漂う無気味な怪奇さと古代の呪は、一度見る人を捉えて離さない。

古代のむせびなく恐怖が、そこには満ちあふれている。

満身創痍の廃残の身を、薄暗い本堂に創建以来、少しも動くことなくここに坐りつづけている。ここでは千年も一日のようである。

わが国最古の仏像のひとつ。かけらとなっても焼けただれた顔を現代に直面して、古代の真実を伝えようとするたくましさが見られる。こちらの方が目をそむけたくなるのに、みほとけは恐怖の目を、いつまでも注ぎかけてくる。遂にこちらも負けて、凝視の目をとめる。しかし、見れば見るほど、ぼろぼろである。慈悲のまなざしなどは微塵もない。

この世にはあり得ない奇怪な邂逅である。容姿端麗な、おおらかで有難いみほとけではない。

飛鳥を歩いて、形あるもの、見るべきものといえば、この大仏と石舞台くらいである。一切が灰色の廃墟である。

飛鳥川は今日も静かに流れている。

このような恐怖と廃残の感覚を伴って、この仏像に接する寺尾は、歴史の見巧者の一人でしょう。これも、飛鳥という土地の持つ時間の二重性の反映でしょう。

三、『壺坂観音霊験記』の世界

「三つ違ひの兄さんと、云うて暮してゐるうちに、」というお里のクドキで有名な『壺坂観音霊験記』は、意外にも浄瑠璃の中では比較的新しいもので、明治になってからの作品です。昭和五八年七月の道頓堀朝日座の文楽公演の番付には、「壺坂寺由来記によって書かれた、作者未詳（福地桜痴、もしくは伊東橋塘か）の浄瑠璃「観音霊場記」に、二世豊澤団平とその妻千賀が筆を加えて、団平が作曲し明治一二年一〇月、大阪大江橋席で六世豊竹島太夫が語ったのが最初で、のち再び団平が作曲を改め明治二〇年二月、いなり彦六座で三世大隅太夫が、団平の三味線で語ってから、大いに流行した』と書かれています。「お里沢市」と呼ばれる、壺坂観音の霊験記で、実にシンプルなストーリーにより、今も人気の高い演目です。明治の中頃には歌舞伎にも取り入れられたようです。私が聞いたのは、番付が残っているので、おそらくこの昭和五八年七月が初めてです。番付によると、切は竹本越路大夫、三味線鶴澤清治、人形は、お里が吉田蓑助、沢市が桐竹勘十郎（先代）となっています。

舞台は、「壺坂の片辺り土佐町」で、ここに住む座頭の沢市とその恋女房のお里の話です。沢市は琴や三味線の稽古で生計を立てています。お里は盲人の夫を助けながら賃仕事をしていますが、器量のよいことで知られています。

ある時、沢市はお里が「毎晩七つから先、つひに一度もゐたことがない」ので、他に思う男がいるなら打ち明けて欲しいと言い出します。そこから先に見ましたお里のクドキが始まるわけですが、明けの七つ、これは冬なら午前四時頃ですが、この七つの鐘を聞くと、山道を厭わず観音様に沢市の目が見えるようにと願いのお参りをしていたことを打ち明けます。これを聞いて沢市は、男がいるのではと疑った自分を恥じます。そして、それなら自分も連れて行って欲しいと、二人で壺坂寺に向かいます。

場面は変わり、山の段になります。ここで沢市は、これから三日間ここに籠もって断食するので、お里に、いったん家に帰って何かの用事を済ませてまた来てくれ、と言い、お里が家に戻っている間に、谷底に飛び降ります。お里に悪いと思っての覚悟の身投げです。やがてやってきたお里は、事の次第を悟って自分も谷間へ身を投げます。

すると、谷底に倒れている二人の前に観音様が現れ、お里の貞節と普段の信心の御利益により、沢市の目は見えるようになり、二人とも命が助けられるというハッピーエンドを迎えます。

壺阪寺は、奈良県高市郡高取町にあります。正式には、壺阪山南法華寺という山号と寺号ですが、通称の方が有名です。七〇三年（大宝三年）の創建と伝えられ、「西国三十三所」の第六番札所です。清少納言の『枕草子』に、以下のような記述が見えます。

寺は壺阪。笠置。法輪。霊山は、釈迦仏の御住みかなるがあはれなるなり。石山。粉河。志賀。

このとおり、古来著名な寺でした。ここは今も、かなりの山奥です。境内の「投身の谷」と呼ばれる谷を見下ろす舞台に、「お里沢市利生の像」があります。
昭和五八年七月の大阪朝日座の公演の「文楽床本集」によると、『壺坂観音霊験記』「沢市内より山の段」のお里のクドキは次のようなものです。

エヽソリヤ胴慾な沢市様。いかに賤しい私ぢやとて、現在お前を振捨てゝ、ほかに男を持つやうな、そんな女子と思うてか。ソリヤ聞えぬ〳〵聞えませぬはいな。モ父様や、母様に別れてから伯父様のお世話になり、お前と一緒に育てられ、三つ違ひの兄さんと、云うて暮してゐるうちに、情けなやこなさんは、生れもつかぬ疱瘡で、眼かいの見えぬその上に、貧苦にせまれどなんのその、一旦殿御の沢市様。たとへ火の中水の底、未来までも夫婦ぢやと、思ふばかりかコレ申しお前のお目をなおさんとこの壺坂の観音様へ、明けの七つの鐘を聞き、そつと抜け出でたゞ一人、山路いとはず三年越し。せつなる願ひに御利生のないとはいかなる報ひぞや。観音様も聞えぬと、今も今とて恨んでゐた、わしの心も知らずして、ほかに男があるやうに、今のお前の一言が、私は腹が立つはいの

ところで、平成一五年には、「壺阪寺開創一三〇〇年奉納歌舞伎舞踊」として、「壺坂霊験記「雅

菊」が、沢市が中村勘九郎（一八代目中村勘三郎）、お里が中村福助で、壺阪寺本堂を会場に演じられました。

名人越路大夫や先代勘十郎ばかりか、勘三郎まで、もう亡くなってしまいました。

ちなみに、壺阪寺の山の上には、高取城があります。石垣だけが残った山城ですが、ここを舞台に、司馬遼太郎が「おお、大砲」（『小説中央公論』昭和三六年四月）という作品を書いています。高取の植村藩に家宝として伝えられた「ブリキトース」という大砲をめぐる話が幕末期の政変や天誅組と結び付けられた短篇で、「ブリキトース」という本来使われるべき武器が、その威力のおかげで、二万五千石の藩の上に君臨するという、やや滑稽譚めいた皮肉に満ちた作品です。

大和は、どこまで山に入っても、話題に事欠かない地です。

おわりに

一言で明日香といっても、そこには、いろいろな時間が重なって存在しています。高松塚古墳や菖蒲池古墳、天武・持統天皇陵、石舞台古墳などがあり、亀石に代表される、石像群があり、橘寺や岡寺が厳然とあり、その一方で、飛鳥寺の趾に安居院があり、山田寺趾など、多くの礎石だけが残る廃寺があります。しかもそこには、現在も人々が普通に暮らしています。

歴史を見る際には、文献を重視するのが第一の態度でしょうが、先にも述べましたように、概ね、大化の改新以前の記録は、文献としては残っていません。その一方で、このような遺跡が、そこには確かに残っています。その一方で、土地に伝わる口承や伝説も、微かながら存在します。私たちは、歴史というものを、文献だけではなく、もっと幅広く捉え直さなければなりません。そこには、若干の想像力の手助けも必要です。この手助けをする一つの方法として、歴史記述とともに用いられてきたのが、虚構の作品群です。これは、作り話ではありません。あくまで、歴史の再生のための、もう一つの方法なのです。したがって、今後も、明日香についての虚構は、新たに創出されていってもよいと思います。

それを書く作者もまた、歴史の中の必然的な存在だからです。

薄田泣菫「飛鳥寺」(『三田文学』明治四四年三月)に、以下のような文章が見られます。

　私が飛鳥の里に来たのは、秋も半ばを過ぎて、そこらの雑木林は金のやうに黄ろく光つてゐた。つい門先の地面を仕切つた、猫の額程の畑には、蕎麦の花が白くこぼれてゐた。繊細な、薄紅い鷽(うそ)の脛のやうな茎が裾をからげたままで、寒さうに立つてゐる。程近い飛鳥神社の木立は、まばらに透いて見え、背伸びをすると、耳無し(ママ)山が寒さにかじけたやうに背を円めて、突つ伏してゐるのが

石舞台古墳（2015年9月20日，著者撮影）

ついそこに見られる。
見窄(みすぼ)らしい安居院の屋根には、疫病やみのやうな鴉が一羽棲つて、をりをり頓狂な声を出してそこらをきよろきよろ見まはしてゐる。お堂の入口には、野良猫の瘠せかじけたのが、だらしなく身体を投げ出して、日向ぼつこをしてゐる。何処かでひゆうひゆうと口笛を吹くやうな渡鳥の声が聞えてゐたが、それもいつの間にか默つてしまふと、四辺はひつそりして、そこらに散らばつた枯つ葉の寝返り一つ打つ音までが、はつきりと耳に響く……

往時ここに栄えた人達が後に残した芸術と信仰と、その後に出て來た破壊者の無遠慮な破壊の痕は、皆草に埋れてしまつて、人間の努力のどうせ無駄に過ぎない事を語つてゐる。ここに来て気持のいいのは、美しいものと、それを滅ぼした人間のある力と、どつちも消えてすつかり跡方が無くならうとしてゐる事だ。名高い飛鳥の大仏といふのは、今安居院に残つてゐる丈六の銅像の事で、お堂の構を少しも取り毀さないで、あれだけの大仏を入れたのは、世にも不思議な手練だと言ひ伝へてゐる。実際その時代の智識で、万が一にも出来ないと信じてゐた事を仕遂げたのは驚嘆すべき不思議で、人間の努力の極致を『可能』に一を加へたものだとすれば、安居院の狭苦しい御堂に丈六の仏を入れたのは、その極致の象徴として見る事が出来る。——が、それももうこんなに荒れてしまつて、むかしの努力の跡といつたら、何一つ見られ無くなつてゐる。はかない人間の仕事は、かうした荒廃の前に立つては、睫毛一つ動かすにも足りないのだ。何といふ厳粛沈黙の姿であらう。これは自然のどん底に落ち着いた大肯定であり、また大否定である。——私は怯えたやうな心を抱いて、じつと眼を閉つた。

ここには、歴史という大きな力の前での人間の無力さが書かれています。明日香は、その歴史の豊かさのために、却ってこのようなことを、私たちに考えさせてしまうのでしょうか。

第一三章

長谷寺詣と女人高野——幸田露伴「二日物語」

はじめに

清少納言『枕草子』には、長谷寺について以下のように書かれています。

長谷にまうでて局にゐたりしに、あやしき下臈どもの、うしろをうちまかせつつ居並みたりしこそねたかりしか。

いみじき心起してまゐりしに、川の音などおそろしう、呉階をのぼるほどなど、おぼろげならず困じて、いつしか仏の御前をとく見たてまつらん、と思ふに、白衣着たる法師、蓑虫などのやうなる者ども集りて、立ちゐ額づきなどして、つゆばかり所もおかぬけしきなるは、まことにこそねたくおぼえて、おし倒しもしつべき心地せしか。いづくもそれはさぞあるかし。

これほど混雑していたようです。

また、紫式部『源氏物語』の「玉鬘」には、玉鬘が放浪する先として、豊後介が「(石清水に――引用者註)うちつぎては、仏の御なかには、初瀬なむ、日の本のうちに、あらたなる験あらはし給ふと、唐土にだに、聞えあなり。まいて、わが国のうちにこそ、遠き国の境とても、年経給ひつれば、わが君をば、まして、恵みたてまつり給ひてむ」といって、初瀬詣でを勧めます。

菅原孝標女の『更級日記』にも、夢を見る場面があります。

初瀬河などうち過ぎて、その夜御寺に詣で着きぬ。はらへなどして上る。三日さぶらひて、暁まかでむとてうちねぶりたる夜さり、御堂の方より、「すは、稲荷より賜はるしるしの杉よ」とて物を投げ出づるやうにするに、うちおどろきたれば夢なりけり。

『住吉物語』にも、霊夢が出てきます。中将が姫君の居所を捜しています。

春秋過ぎて、九月ばかりに初瀬に籠りて、七日と言、夜もすがら行ひて、暁方に少まどろみたる夢に、やんごとなき女、そばむきて居たり。さし寄りて見れば、我思ふ人也。嬉しさ、せんかたなくて、「いづくにおはしますにか。かくいみじきめを見せ給ふぞ、いか計か思ひ歎くと知給へる」と言へば、うち泣きて、（略）

わたつ海のそこ共知らず侘びぬれば住吉とこそあまは言ひけれ

これを聞いて、住吉を訪ねるわけです。

このとおり、長谷寺は主にその観音の夢のお告げによる霊験譚により古来有名であり、文学作品にも数多く登場しています。先にも見た『源氏物語』の「玉鬘」には、霊験のためか、敢えて「徒歩」で行くと決めたと書かれています。平安時代に、京からここまでやってきた女性たちの脚力を考えますと、その御利益への信頼は、並々ならぬものがあったことが窺えます。

一、長谷寺詣

長谷寺は、「西国三十三所」第八番札所で、古くから「花の御寺」として有名で、今も牡丹の季節には多くの人々で賑わいます。

これについて、北尾鐐之助は、『近畿景観』第二篇「大和・河内」（創元社、昭和六年一月）の中で、実に興味深い見方を示しています。

長谷寺のあの長い廻廊を歩きながら……もしこゝへ、牡丹に代る花を植ゑるとしたら、何がよいだらうか。狭い山地だから、喬木類は無論駄目だとして、まづ山吹か、萩か、紫陽花か、それとも菊か。いづれにしても、寺のもつ清楚とか、清浄とかいふ感じは保たれようが、それでは色が一様になつて、附近の景色が小さく、かつ寂しく、とうてい牡丹のやうな、豪華な、輝く浄土を想はせるものではなくなるに違ひない。（一行アキ）

寺の縁起に拠ると、元禄十三年に、始めて廻廊の両側に牡丹を移植したといふのであるが、最初この長い阪の廻廊に対して、牡丹を植ゑることをおもひついた人は、相当建築美のことを考へてゐた人であつたらう。

このとおり、今では特に牡丹で有名な寺となっています。逆にいえば、ごく当然のことですが、それ以前の寺詣では、花を愛でることなどを目的とするのではなく、直接的に観音の御利益にすがったことが窺えます。どこの寺に限ったことではありませんが、古代から現代に至るまでに、日本人の宗教観にもかなりの変遷があったことが思われます。

さて、長谷観音は、先にも述べましたとおり、その御前にお籠もりをしたところ、夢のお告げを聞いたという「型」の伝説を数多く提供してきました。この伝説は、近代以降の作品にも取り込まれています。その代表が、幸田露伴の「二日物語」の「彼一日」（『文芸倶楽部』明治三四年一月）です。

> 弓張月の漸う光りて、入相（いりあひ）の鐘の音も収まる頃、西行は長谷寺に着きけるが、問ひ驚かすべき法（のり）の友の無きにはあらねど問ひも寄らで、観音堂に参り上りぬ。さなきだに梢透きたる樹々を嬲（なぶ）りて夜の嵐の誘へば、はら〳〵と散る紅葉なんどの空に狂ひて吹き入れられつ、法衣（ころも）の袖にかゝるもあはれに、又仏前の御灯明の目瞬（めはじき）しつゝ万般（よろづ）のものの黒み渡れるが中に、いと幽なる光を放つも趣きあり。（ルビは全集版による。以下、全集版からの引用については同様）

こうして西行が長谷寺の観音堂に籠もっていると、夜が更けてから、もう一人、僧形の者がやってきます。

> 菩提の善友、浄土の同行、契を此土に結ばんには今こそ言葉をかくべけれと、思ひ入て擦る数珠（ずゞ）

の音の声すみておぼえずたまる我涙かな、と歌の調は好かれ悪かれ、西行急に読みかくれば、彼方は初めて人あるを知り、思ひがけぬに驚きしが、何と仰られしぞ、今一度と、心を圧鎮めて問ひ返す。聞き兼ねけんと猜するまゝ、思ひ入りて擦る数珠の音の声澄みて、と復び言へば後は言はせず、君にて御坐せしよ、こはいかに、と涙に顫ふおろ〳〵声、言葉の文もしどろもどろに、身を投げ伏して取りつきたるは、声音に紛ふかたも無き其昔偕老同穴の契り深かりし我が妻なり。厭いて別れし仲ならず、子まで生したる語らひなれば、流石男も心動くに、況して女は胸逼りて、語らんとするに言葉を知らず、巌に依りたる幽蘭の媚かねども離れ難く、たゞ露けくぞ見えたりける。

西行きつと心を張り、徐に女の手を払ひて、御仏の御前に乱がはしや、これは世を捨てたる痩法師なり、捉へて何をか歎き玉ふ、心を安らかにして語り玉へ、昔は昔、今は今、繰言な露宣ひそ、何事も御仏を頼み玉へ、心留むべき世も侍らず、と諭せば女は涙にて、さては猶我を世に立交らひて月日経るものと思したまふや、灯火暗うはあれどおほよそは姿形をも猜し玉へ、

こう述べてから、妻がまずこれまでのことを語ります。その後さまざまな物語のやり取があった後、最後は、「月はやがて没るべく西に廻りて、御堂に射し入る其光り水かとばかり冷かに、端然として合掌せる二人の姿を浮ぶが如くに御堂の闇の中に照し出しぬ」と結ばれています。何とも余情の残る

話です。
長谷寺本堂は、現在も、本尊を安置する正堂（しょうどう）、相の間、礼堂（らいどう）の三部分に分かれた、実に大きな建物です。国宝に指定されています。また、北尾も書いていたとおり、牡丹を見ながら緩やかに歩くことのできる登廊も有名です。古くから女性の参拝も多く、妊婦でも楽に登れるようにと、段差が緩やかである、という話を聞いたことがあります。
画家の小出楢重に、『めでたき風景』（創元社、昭和五年五月）に収められた「大和の記憶」という随筆があります。そこには、次のように書かれています。

五月になると、大和の長谷寺には牡丹の花が咲く。常は寂しい町ではあるが、この季節になると小料理屋が軒を並べ、だるまと云ふ女が軒に立ち、真昼の三時でさへも吾々を誘ふのである。初夏の陽光に照された、だるまの化粧と、牡丹と、山門の際でたべたきのめでんがくの味を私は今に忘れ得ない。そしてそれ等が何よりも大和を大和らしく私に感ぜしめ、五月を五月らしく思はしめるものである。

小出は宇野浩二の親友でもあり、宇野の小説「枯木のある風景」のモデルとしてもよく知られています。阪神間に住み、谷崎潤一郎とも交流がありました。

長谷寺は、三輪山と、伊勢や東国とを結ぶ街道の途中にあります。今の国道一六五号線と近鉄大阪線のルートです。

注目されることとは、この長谷と三輪の間あたりが、関東と関西、あるいは北の京の都と天誅組に関わりの深い南の大和の奥深い山々との交差点に位置しているという点です。ここは、奈良のみならず、当時の日本という国の東西南北の結節点でした。

二、女人高野

長谷寺からさらに東に進み、大野から南に向かうと、室生寺があります。外に立つ五重塔としては、日本一低いながら、その美しさで人々を魅了する、石楠花で有名な寺です。別名を女人高野と呼びます。

先にも見ました、小出楢重のもう一つの随筆集『大切な雰囲気』（昭森社、昭和一一年一月）に収められた「立秋奈良風景」の冒頭には、次のように書かれています。


奈良、大和路風景は私にとつては古い馴染である。恰も私の庭の感じさへする。扨てその風情の深さも、他に類がない。何しろ歴史的感情と仏像と、古寺と天平と中将姫と、八重桜と紅葉の錦と、はりぼての鹿とお土産と、法隆寺の壁画、室生寺、郡山の城と金魚、三輪明神、恋飛脚大和往来、長谷寺の牡丹ときのめでんがく及びだるま、思つたゞけでも数限りもなくそれ等の情景は満ちてゐる。

前掲の吉村正一郎編『素顔の奈良』に収められた、寺尾勇の「大和の原型——室生寺・当麻寺・山の辺の道」には、室生寺訪問について、次のように描写されています。

曲りくねった山道。ふと『源氏物語』を連想させる平安の構成である。鎧坂の石段は苔むして美しい。そして、荒廃と優雅がおりなす五重塔は、密林にかこまれて、杉の幹との高さへの争いを捨て静かに立つ。優雅と神秘の極地である。秘仏如意輪観音は底なくおそろしい。（略）

この寺は妖術を用い、濡らして雨を降らす特技者役の行者の開基。女人高野の名のように、五重塔も如意輪観音も、すべて女人の化身、女臭さでいっぱいである。（略）

改めて思慕と幻想によって美化された五重塔を眺めると、外観のやさしさと対照的に、その木組は鋭く、怪異なモザイクで荒々しい肘木の木割である。繊細を支えるための荒々しさである。一見弱々しくろうたけた女が必ずもつエゴイズムのように、心やさしい優雅さがこの荒涼さに裏づけられている。女人の寺の塔の構造である。

室生寺は大和随一の静寂をにつめた寺であるが、その素顔はおそろしい。呪いのもつ魅力であろうか。この寺を吹く風はなま温く無気味である。


第一二章「飛鳥めぐり」でも触れましたが、寺尾という人物は、すぐに「おそろしさ」を感じる人物のようです。しかしながら、この寺の、女性との関係については、鋭く捉えられています。

前掲の北尾鐐之助の『近畿景観』第二篇「大和・河内」には、古き時代の室生寺参詣のルートについて、次のように書かれています。


室生寺を訪ねたものは、いづれもその西門である、内牧村赤埴の仏隆寺から歩いて、やがて、突然前に潤けた室生川の峡谷に、はじめて、室生寺の堂塔を瞰下ろしたときの、その美しさを賞めたゝへてゐる。

この道は、まだ参宮急行電車が出来ぬ以前、初瀬から伊勢街道を東へ、西峠を越えて、榛原町に出で、宇陀川に沿つて東へ、千本から内牧川を遡つて高井まで＝こゝまで自動車が通ふ＝更に街道筋に別れて東へ入り、室生道を赤埴に行くものであるが、参宮急行線が開通して、大野村に室生口大野駅が出来てからは、この仏隆寺の西門に対して、室生の東門と云はれてゐる大野寺から行く道が、室生詣りの正道の如くおもはれるやうになつた。

そして、仏隆寺の方へ行く人が少なくなったと書かれています。仏隆寺は、今は、桜の時期には、仏隆寺千年桜として有名な桜を見に訪れる人が多いのみで、確かに室生寺とこれをともに見る人は少ないと思われます。

北尾は、大阪から、月のよい夜に、思い立ってここを訪れることにして、夜に大野に着き、ここから山道を歩いています。「室生口から室生寺まで、約五十丁といふのだが、歩いてみると、夜道では三里ほどにも感じられる」と書かれるとおり、寂しく、かなり遠い道です。私も、小学生の時に友人と二人で駅から、勿論昼間ですが歩いたことがあります。確か七キロメートルほどだと聞いた覚えがあります。帰りはさすがにバスにしました。

この夜道を、白と勝手に呼ぶ犬が、道案内のように、北尾を寺に送ってくれたとのことです。この白との道連れと翌日の別れはやや感傷的です。

さて、北尾は、夜九時を過ぎて到着すると、その当時は宿代わりに寺に泊めてくれたとのことで、湯に入り精進料理に温かい酒まで出してもらっています。そして翌日、寺を案内してもらった北尾は、ようやく境内を次のように描写します。

境内のあちこちには、夥しい石楠木が植ゑられてゐた。寺僧の話によると、これは一般の信徒から寄附されたものをあつめて、やがて、この寺の名物としたい計画だといふことであつた。室生の山は漸く六—七〇〇メートルの高さであるが、殆ど岩山で、それに奥大和の処女地といふ感じが深いところだから、やがて石楠木寺としてふさはしい景観をつくり出すであらう。それに到るところ、多くの桜が植ゑられた。つゝじが植ゑられた。楓が植ゑられた。

この「計画」が、今、見事に実っていることはいうまでもありません。殊に石楠花は、この寺の名物として毎年境内を賑やかにします。昭和初年代に書かれたこの随筆の記述は、時の流れを感じさせる一方で、景観の共通性を思い浮かばせる点もあり、変化と不変の双方の魅力が、私たちを歴史と繋いでいることを、よく示しています。

三、大野寺の桜と磨崖仏、宇陀

北尾鐐之助が指摘していたとおり、今は、大野寺が室生寺の東門のようになっています。国道一六五号線や近鉄大阪線からの室生寺の入り口を意味する、近鉄の「室生口大野」という駅名があるように、大野寺は、こじんまりとした寺ですが訪れやすく、今は特に桜の季節には、この寺のしだれ桜を目的に多くの人々が訪れます。この寺の前の宇陀川を隔てて、磨崖仏が見られます。

斎藤茂吉に『万葉秀歌』上・下（岩波書店、昭和一三年一一月、岩波新書。引用は昭和四三年の改版に拠った）という書があります。文字どおり、『万葉集』の秀歌を解説したもので、和歌鑑賞の手本のようなものです。そこに、柿本人麻呂に縁の深い、宇陀の阿騎野についての解説があります。阿騎野は古代の宮廷人たちの狩場だったとのことです。そのうちの特に有名な二首を掲げます。

阿騎の野に宿る旅人うちなびき寐も寝らめやも古へおもふに　〔巻一・四六〕柿本人麿

軽皇子が阿騎野（宇陀郡松山町附近の野）に宿られて、御父日並知皇子（草壁皇子）を追憶せられた。その時人麿の作った短歌四首あるが、その第一首である。軽皇子（文武天皇）の御即位は持統十一年であるから、此歌はそれ以前、恐らく持統六、七年あたりではなかろうか。

一首は、阿騎の野に今夜旅寝をする人々は、昔の事がいろいろ思い出されて、安らかに眠りがたい、というのである。「うち靡き」は人の寝る時の体の形容であるが、今は形式化せられている。「やも」は反語で、強く云って感慨を籠めている。「旅人」は複数で、軽皇子を主とし、従者の人々、その中に人麿自身も居るのである。この歌は響に句々の揺ぎがあり、単純に過ぎてしまわないため、余韻おのずからにして長いということになる。

ひむがしの野にかぎろひの立つ見えてかへり見すれば月かたぶきぬ〔巻一・四八〕　柿本人麿

これも四首中の一つである。一首の意は、阿騎野にやどった翌朝、日出前の東天に既に暁の光がみなぎり、それが雪の降った阿騎野にも映って見える。その時西の方をふりかえると、もう月が落ちかかっている、というのである。

この歌は前の歌にあるような、「古へおもふに」などの句は無いが、全体としてそういう感情が奥にかくれているもののようである。そういう気持があるために、「かへりみすれば月かたぶきぬ」の句も利くので、先師伊藤左千夫が評したように、「稚気を脱せず」というのは、稍酷ではあるまいか。人麿は斯く見、斯く感じて、詠歎し写生しているのであるが、それが即ち犯すべからざる大きな歌を得る所以となった。

「野に・かぎろひの」のところは所謂、句割れであるし、「て」、「ば」などの助詞で続けて行くと

又兵衛桜（2019年4月13日，著者撮影）

きに、たるむ虞のあるものだが、それをたるませずに、却って一種渾沌の調を成就しているのは偉いとおもう。それから人麿は、第三句で小休止を置いて、第四句から起す手法の傾を有っている。そこで、伊藤左千夫が、「かへり見すれば」を、「俳優の身振めいて」と評したのは稍見当の違った感がある。

此歌は、訓がこれまで定まるのに、相当の経過があり、「東野のけぶりの立てるところ見て」などと訓んでいたのを、契沖、真淵等の力で此処まで到達したので、後進の吾等はそれを忘却してはならぬのである。守部此歌を評して、「一夜やどりたる曠野のあかつきがたのけしき、めに見ゆるやうなり。此かぎろひは旭日の余光をいへるなり」（緊要）といった。（ルビは同書改

版による）

学問的な是非は触れないことにしますが、今、この阿騎野は、近くに後藤又兵衛の伝説からその名がついた一本桜の又兵衛桜があることによって、桜のシーズンには、訪れる人も多くなってきているようです。今は、かぎろひの丘万葉公園と阿騎野人麻呂公園として整備されています。阿紀神社という社もあります。

「ひむがしの」の歌は、伊藤左千夫の述べたように、やや稚気のある単純な発想が多くの人に知られるきっかけになったようですが、この野原に立つと、日と月の出入りが、人間の存在をやや小さく感じさせることも確かなようです。

おわりに

今回ははからずも、花に関わる話が多くなりました。現代の私たちがお寺を訪れるのは、信仰のためというより、花の季節に後れないためになっているようです。私も、花の季節にしか訪れない寺がたくさんあります。

しかし、花がなければ、訪れもしないかもしれません。どちらがいいものでしょうか。

第一四章

生駒信貴と大和川本支流――『信貴山縁起絵巻』・芥川龍之介「犬と笛」

はじめに

大阪と奈良とを壁のように分けている山系は、生駒山、信貴山、その間に大和川を挟んで、二上山、葛城山、金剛山と続いています。二上山のすぐ南が竹内街道です。概ね、大和川が大阪と大和とを結ぶ主要なルートで、生駒トンネルができるまでは、これよりやや南に、大和へ越える主要なルートがあったわけです。しかし、交野や枚方から、現在の奈良市の北部に抜けるルートも確かにありました。生駒山は、現在の大阪市と奈良市を結ぶちょうど中間点に、高くそびえています。

『古事記』や『日本書紀』など、神話の世界に、既にこの地域は登場します。生駒は、長髄彦（別名鳥見または登美彦）という、このあたりの豪族によって支配されていました。当時、日向にいた神日本磐余彦天皇、すなわち後の神武天皇は、兄である五瀬命たちとともに、風光明媚で四方を山に囲まれた大和の国に住もうと、東征します。既にこの土地には、高天原から降りた饒速日命が治める土地で、長髄彦は自分の妹を命に嫁がせていました。

当時、海はかなり大阪の内陸まで入り込んでいて、船で生駒の西、日下（孔舎衛）あたりまでたどり着くことができました。神武天皇は、ここから生駒越えをして長髄彦を打とうとしますが、さんざんに破れ、兄五瀬命は、この時受けた傷が元で亡くなります。神武天皇は紀州に廻り、熊野の八咫烏の導きを受けたりしながら、大和を南から攻め上がり、ついに長髄彦の軍を破ります。しかし、長髄彦は恭順はしませんでした。そこで饒速日命は、自らも天の神であることもあり、天孫の系統の正しさを意識して長髄彦を殺し、この土地を神武に明け渡します。

このとおり、古戦場としてかなり古い頃から知られた土地であり、また、神武天皇が治める大和朝廷の、いわば最初の場所として記憶されるべき土地が、この生駒周辺というわけです。

一、信貴山朝護孫子寺

『信貴山縁起絵巻』という絵巻があります。平安時代後期、一二世紀頃の成立とされています。信貴山の朝護孫子寺の中興の祖である命蓮上人を主人公とするもので、現存するものは、「第一巻飛倉巻」「第二巻延喜加持巻」「第三巻尼公巻」の三巻です。「岩波写真文庫」七六『信貴山縁起絵巻』(岩波書店、昭和二七年一二月)には、以下のような解説があります(「信貴山縁起絵巻について」)。

信貴山縁起絵巻はその名の示す如く、今も大和河内の国境に法灯を伝える信貴山朝護孫子寺草創(実は中興)の縁起であるが、寺の縁起は従で開基命蓮(明練、まうれんとも)の奇行を主とした物語であって、画中にも本尊毘沙門の姿は一度も現れない。

このとおり、「縁起絵巻」としては風変わりなものです。また、命蓮の「奇行」ともここに書かれるように、それが仏教の利生であることについても説明が希薄です。

第一巻の「飛倉巻」が、この「奇行」説を作ったのかもしれません。この巻は詞書を欠いていますので、多くの書と同様、この「岩波写真文庫」もまた、『宇治拾遺物語』の「信濃国聖事」と同内容として、これを物語の説明に用いています。この巻は「山崎長者巻」とも呼ばれます。山崎長者のところへ、鉢が物乞いに飛んできます。ある時、これを倉の中に投げ置いたまま、倉の戸を閉ざしたところ、倉がゆらゆらと持ち上がり、飛んでいってしまいます。これが、命蓮の仕業でした。倉を返して欲しいと談判に来た山崎長者たち一行に、命蓮は、倉の中の米は返すが、倉はいただいておくといいます。このあたりが、なかなかの「奇行」ぶりといえます。そしてこの「飛倉」の術によって、命蓮の法力は有名になります。

ちなみに、『宇治拾遺物語』の本文は、以下のようなものです。

今はむかし、信濃国に法師ありけり。さる田舎にて法師になりにければ、まだ受戒もせで、いかで京にのぼりて、東大寺といふ所にて受戒せんと思て、とかくしてのぼりて、じゆかいしてけり。さてもとの国へ帰らんと思けれ共、よしなし、さる無仏世界のやうなる所に帰らじ、こゝにゐなんと思ふ心つきて、東大寺の仏の御前に候ひて、いづくにか行じて、のどやかに住すべき所あると、よろづの所を見まはしけるに、未申のかたにあたりて、山かすかに見ゆ。そこにおこなひてすまんと思て行て、山の中にえもいはずおこなひて過すほどに、すゞろにちいさやかなるづし仏をおこなひいだしたり。毗沙門にてぞおはしましける。そこにちいさき堂をたてゝすへ奉りて、えもいはず行ひて年月ふるほどに、此山のふもとに、いみじきげすの徳人ありけり。そこに聖の鉢はつねに飛行つゝ、物は入てきけり。

このとおり、どちらかというと、東大寺の御利益絵巻のような話です。

第二巻の「延喜加持巻」は、「延喜の御門」すなわち醍醐天皇の、御悩が重くなった時、この命蓮のことを聞きつけ、お召しの使いが下ります。命蓮は、都に行くまでもなく、ここで祈祷を行うといいます。そして、護法童子という鬼神を使わし、剣の護法という護法を行います。すると御門の御悩はたちまち治ります。そこで帝は、命蓮を僧正か僧都にしようとされますが、命蓮は断ります。このあたりも「奇行」の一つでしょう。この巻では、護法童子を描く部分が有名です。

第三巻の「尼公巻」は、やや趣が異なり、仏教説話としての類型を持っています。命蓮が受戒のために上京したまま、二〇年以上も帰ってこないので、姉の尼公が訪ねてきます。東大寺の大仏の前で通夜したところ、夢のお告げで、信貴山にいることを知ります。そこで訪ねていき、再会を果たす、というものです。ここでも東大寺が重要な役割を果たしています。

尼公にもらった、命蓮の衣服も、長年のうちにぼろぼろになったので、これを、例の飛倉に収めました。その後、そのボロ切れの一部や、やがて朽ちてしまった倉の木の端なども、人々はお守りにしたところ、ご加護があったということで、今も、信貴山が多くの人々の信仰を得ている、という話で閉じられています。結末は以下のような本文です。

さて、多くの年頃それをのみ着てありければ、はてにはやれ〳〵と着なしてぞありける。鉢に乗りて来たりし倉をば、飛倉とぞいひける。その倉にぞ、そのたいのやれは納めてありけ。そのやれのはしをつゆばかりなど、おのづから縁に触れて得ては、守にしけり。その倉もいまはくちやぶれて、その木のはしをもつゆばかり得たる人は守にし、毘沙門つくりたてまつりて持したてまつる人は、かならず徳つかぬ人はなかりけり。されば人はその縁をたづねて、その倉の木の折れたるはしなどはこびけり。さて信貴とてえもいはず験し給ふ所に、いまに人々あけくれ参る。この毘沙門は命蓮聖の行ひいでたてまつりたるところなり。

こうして、信貴山の縁起がようやく語られるわけです。

ちなみにこの絵巻は、現在も奈良国立博物館に収蔵されていますが、和辻哲郎も奈良帝室博物館で、館員にわざわざ出してもらってこの絵を見ています。その感想は、『古寺巡礼』の中に、以下のように書き付けられています。

信貴山縁起は平安朝絵巻物のうちの有数な名画である。線画の伝統の一つの頂上である。簡単な線でこれほど確かに人物や運動をかきこなしてゐることは、やはり一つの驚異といつてよい。写実的気分も濃厚であるが、特にその捕へ所が巧みである。例へば大仏殿を描くのに、たゞ正面の柱や扉のみで、遺憾なきまでに大きさと美しさを現はしてゐる如きがそれである。勿論そこには幅のせまい横巻に大仏殿を画き込むといふ条件が否応なしに導いて行つた省略といふことも考へて見なくてはならない。しかし大仏を拝みに行く人の心持を中心として考へると、かく急所をのみ捕へて、人物の心持と殿堂の美を一つにして現はし得た手腕は、容易なものではない。

この種の巧妙な技巧は日本人に著しい特質の一つである。絵画においては、平安朝の絵巻やその後の宋画・文人画・浮世絵、或は琳派の装飾画に至るまで、種々の方面にこの巧さを生かせてゐる。文芸においても、和歌と俳句にその代表的な例があるのみならず、小説戯曲などの描写にも少なからぬ証跡を残してゐる。更に一歩を進めていふと、落語、道話の類もこの特質の現はれである。現代の日本芸術が特に技巧を重んずる傾向を持つてゐるのは、この特質から出た伝統でないとは云へない。しかし技巧の妙味を重んずるのあまり内容の開展をおろそかにしたといふ欠点をも見のがしてはならない。これは実は真の意味での技巧の発展をさまたげてゐるのである。なぜなら内容の開展に伴つて必然に要求せられてくる力強い技巧の開展がこゝでは不可能であつたからである。こゝに日本文芸史の一面観がある。

これは、ストーリーの内容ではなくその絵の特徴について、美学的に論じたものです。そこに日本の文芸に通じる特質を見て取っているところは、和辻ならでは、という気がします。
さて、信貴山は、寅年生まれの守護神としても有名です。朝護孫子寺の公式サイト（www.sigisan.or.jp）には、その理由として、次のように説明されています（二〇一九年八月三一日閲覧）。

今から一四〇〇余年前、聖徳太子は、物部守屋を討伐せんと河内稲村城へ向かう途中、この山に至りました。太子が戦勝の祈願をするや、天空遥かに毘沙門天王が出現され、必勝の秘法を授かりました。その日は奇しくも寅年、寅日、寅の刻でありました。太子はその御加護で勝利し、自ら天王の御尊像を刻み伽藍を創建、信ずべし貴ぶべき山『信貴山』と名付けました。以来、信貴山の毘沙門天王は寅に縁のある神として信仰されています。

ちなみに、私は寅年生まれです。

二、生駒聖天宝山寺と生駒山の女神

第一〇章にも書きましたが、谷崎潤一郎「卍」には、主人公である、柿内園子と徳光光子とが連れだって、若草山に遊びに行く場面があります。山の上から、夕暮れに、二人は、「生駒山のケーブ

信貴山朝護孫子寺と張り子の寅
（2018年5月18日，著者撮影）

ル・カアのイルミネーションがずうつと数珠のやうにつながつて、」またたいている景色を見ています。生駒山山上遊園地が開園したのは、昭和四年三月二七日、すなわち「卍」連載中のことで、この時ケーブル・カーも、ようやく宝山寺・生駒山上間が開通しました。したがって、園子と光子が見たのは、鳥居前から山腹の宝山寺までの間のケーブル・カーのイルミネーションのことと思われます。

生駒ケーブルすなわち生駒鋼索鉄道が開通したのは実は大正七年八月二九日とやや古いのですが、大正一一年一月二五日に、大軌こと大阪電気軌道に合併されてから急速に発展します。「卍」は、昭和元年一二月三〇日の複線化など、山上遊園地の整備に向けて、徐々に発展していく変遷の途上に連載されていたわけです。それが象徴するのは、生駒を始めとする、大阪近郊の開発という事実です。例えば大正一五年六月一一日にはあやめ池遊園地も開園していますが、そこには大都市近郊の住宅地開発という大きな背景が認められます。昭和三年五月二七日の藤井寺球場の開場もこれに加えてよいかもしれません。当時は、関西の私鉄が競って住宅地を開拓し、そこからの通勤によって、画期的な増収をはかったわけです。郊外開発には、人にそこに住むだけの魅力が伴わねばなりません。そのために作られたり、これまであったものをさらに整備されたりしたのが、あやめ池遊園地であり、藤井寺球場であり、そして生駒山の山上遊園地であったわけです。

「卍」はこのような昭和初期の時代の変遷を、見事に作中に取り込んでいます。

ところで、この宝山寺については、それ以前より、次のような「御利益」から信仰されていました。田中香涯に『変態性慾』という個人雑誌があります。その第四巻第四号（大正一三年四月）に、「生駒の聖天」という小文があります。そこには、この宝山寺の聖天が、以下のように紹介されています。

聖天即ち歓喜天は密教の天部の一つであつて象頭人身の男女の相抱合した性神をその本像とする。（略）就中男女の和合に著しい霊験があると称へられて、花柳界の女子に大いに信仰されてゐる。畿内で最も繁昌してゐるのは、所謂「生駒の聖天さん」即ち生駒山の宝山寺に安置せる大聖歓喜天であつて、毎月一日と十六日の縁日には、京阪神の花柳界の女子が押し寄せ、毎月の参詣者二千人を下らぬと云ふ有様で、清酒、団子、大根等を捧げて施福を祈るのである。
象首人身の男女二体より成る性神聖天の像は厨子の内に深く安置されてあるから、参詣人には見えない。

このとおり、日本の神仏信仰の原初形態を彷彿させるような信仰です。谷崎は意識してこれを「卍」に取り込んだのでしょうか。

さて、芥川龍之介に「犬と笛」(『赤い鳥』大正八年一月一日および一五日)という童話があります。ここには、笠置山と並んで、生駒山が登場してきます。

昔、大和の国葛城山の麓に、髪長彦という若い木樵(きこり)が住んでいました。笛が上手でした。ある日、「足一つの神」が現れ、笛の礼に、「嗅げ」という犬をくれました。またある日、「手一つの神」が「飛べ」という犬をくれました。またある日、「目一つの神」が「嚙め」という犬をくれました。三匹の犬を連れて葛城の麓の三叉路を歩いていると、二人の侍がやってきて、飛鳥の大臣(おほおみ)様のお姫様が二人、鬼神にさらわれたので、捜している、といいます。髪長彦は、いいことを聞いたと思い、二人の姫君を捜すことにします。その一人目が、生駒山に関係しています。以下のような話です。

「わん、わん、御姉様の御姫様は、生駒山の洞穴に住んでゐる食蜃人(しよくしんじん)の虜になつてゐます。」と答へました。食蜃人と云ふのは、昔八岐の大蛇を飼つてゐた、途方もない大男の悪者なのです。

そこで木樵はすぐに白犬と斑犬とを、両方の側にかかへた儘、黒犬の背中に跨つて、大きな声でかう云ひつけました。

「飛べ。飛べ。生駒山の洞穴に住んでゐる食蜃人の所へ飛んで行け。」

その言がまだ終らない中です。恐しいつむじ風が、髪長彦の足の下から吹き起つたと思ひますと、まるで一ひらの木の葉のやうに、見る見る黒犬は空へ舞ひ上つて、青雲の向うにかくれてゐる、遠い生駒山の峰の方へ、真一文字に飛び始めました。（略）

やがて髪長彦が生駒山へ来て見ますと、成程山の中程に大きな洞穴が一つあつて、その中に金の櫛をさした、綺麗な御姫様が一人、しくしく泣いていらつしやいました。

「御姫様、御姫様、私が御迎へにまゐりましたから、もう御心配には及びません。さあ、早く、御父様の所へ御帰りになる御仕度をなすつて下さいまし。」

かう髪長彦が云ひますと、三匹の犬も御姫様の裾や袖を啣(くは)へながら、

「さあ早く、御仕度をなすつて下さいまし。わん、わん、わん、」と吠えました。

しかし御姫様は、まだ御眼に涙をためながら、洞穴の奥の方をそつと指さして御見せになつて、

「それでもあすこには、私をさらつて来た食蜃人が、さつきから御酒に酔つて寝てゐます。あれが目をさましたら、すぐに追ひかけて来るでせう。さうすると、あなたも私も、命をとられてしまふのにちがひありません。」と仰有いました。

髪長彦はにつこりとほゝ笑んで、

「高の知れた食蜃人なぞを、何でこの私が怖がりませう。その証拠には、今ここで、訳なく私が退治して御覧に入れます。」と云ひながら、斑犬の背中を一つたたいて、

「噛め。噛め。この洞穴の奥にゐる食蜃人を一噛みに噛み殺せ。」と、勇ましい声で云ひつけました。

すると斑犬はすぐ牙をむき出して、雷のやうに唸りながら、まつしぐらに洞穴の中へとびこみましたが、忽ちの中に又血だらけな食蜃人の首を啣へたまま、尾をふつて外へ出て来ました。

所が不思議な事には、それと同時に、雲で埋まつてゐる谷底から、一陣の風がまき起りますと、その風の中に何かゐて、

「髪長彦さん。難有う。この御恩は忘れません。私は食蜃人にいぢめられてゐた、生駒山の駒姫です。」と、やさしい声で云ひました。

しかし御姫様は、命拾ひをなすつた嬉しさに、この声も聞えないやうな御容子でしたが、やがて

髪長彦の方を向いて、心配さうに仰有いますには、

「私はあなたのおかげで命拾ひをしましたが、妹は今時分どこでどんな目に逢つて居りませう。」

髪長彦はこれを聞くと、又白犬の頭を撫でながら、

「嗅げ。嗅げ。御姫様の御行方を嗅ぎ出せ。」と云ひました。と、すぐに白犬は、

「わん、わん、御妹様の御姫様は笠置山の洞穴に棲んでゐる土蜘蛛の虜になつてゐます。」と、主人の顔を見上げながら、鼻をぴくつかせて答へました。この土蜘蛛と云ふのは、昔、神武天皇様が御征伐になつた事のある、一寸法師の悪者なのです。（ルビは全集版による）

やがて髪長彦は土蜘蛛も退治し、笠置山の笠姫からも礼をいわれます。その後、先の二人の侍に手柄を横取りされそうになりますが、これもうまくいき、最後は、以下のように締め括られます。

それから先の事は、別に御話しするまでもありますまい。髪長彦は沢山御褒美を頂いた上に、飛鳥の大臣様の御婿様になりましたし、二人の若い侍たちは、三匹の犬に追ひまはされて、はふはふ御館の外へ逃げ出してしまひました。唯、どちらの御姫様が、髪長彦の御嫁さんになりましたか、それだけは何分昔の事で、今ではつきりとわかつてをりません。

ここで、生駒山の神が駒姫という女神であったことが、さりげなく書き込まれている点が興味深いところです。

三、大和川本支流

大和川は、上流は初瀬川と呼ばれています。奈良盆地を西に向かい、葛下川、飛鳥川、曽我川、葛城川、高田川、佐保川、秋篠川、竜田川、富雄川など多くの河川を合わせ、生駒山系と葛城山系の間を大阪府柏原市に抜けています。この間は狭い谷間で、現在は大和川と国道二五号線とJR大和路線が並んで国境を越えています。国道二五号線は、今も法隆寺の前を通る奈良への幹線道路であり、古代以来ずっと幹線であったことが窺えます。

大阪府に入ると、大和川は、柏原市の国分あたりで石川と合流し、今は、大阪市と堺市の境目を大阪湾に注いでいます。昔は、水路が交通の重要な手段であったので、大和川は、国分のあたりまで大船でやってきて、この近辺にあったと伝えられる大橋を越えて、大和に向かう、水流の大動脈でした。しかしながら、多くの支流を持つことから洪水も多く、古代より、護岸工事や付け替えが頻繁に行われてきました。

さて、その支流の一つ、生駒の高山町から南に向かって流れる富雄川は、矢田丘陵に沿って進み、斑鳩町と安堵町の間あたりで大和川に合流します。富雄川は、もともとは「富の小川」で、めでたい名でもあるので、祝い歌としてよく歌われたようです。

この富雄川の近辺、現在の近鉄奈良線富雄駅近くと思われる川辺に、高畑に住む志賀直哉が、散歩に訪れています。第七章にも紹介した「日曜日」という小品に、以下のように描かれています。

> 次の日曜（六月四日、晴れ）それを持つて、うち中で富雄川へ出かけた。大概の生きものは好きだが、捕ることは甚く不得手で、魚捕りも好きではないが、此日は前かきで多少の興味を持ちながら行つた。
>
> 電車を降り、線路について片側人家のだら〳〵坂を下りきると、直角に、それが富雄川だ。幅、四五間の川床で、水は砂地を残し、もっと狭い幅で流れてゐる。岸から、一寸した草原があり、其所に枝のよく広がつた桜が一列にならんでゐる。赤いのや、もう黒く熟した小さな桜ン坊が沢山ついてゐた。桜並木と往来との間に上流で分水した小さな流れが下の川よりもなみ〳〵と勢よく流れてゐる。
>
> 「もう入つていい？　いいでせう」待ちきれずに直吉はせがむ。
>
> 「人家のある所は瀬戸かけや硝子があるから危い。先にいい所があるよ」

実にのどかな風景です。また、志賀直哉の子煩悩ぶりもよく出ています。

一方、竜田川は、いうまでもなく、在原業平の「ちはやぶる神代も聞かず竜田川からくれなゐに水くくるとは」の歌で有名です。これは『古今和歌集』のものですが、後に『百人一首』にも採られ、人口に膾炙しています。また、能因法師に「嵐吹く三室の山のもみぢ葉は竜田の川の錦なりけり」という歌もあり、これは『後拾遺和歌集』のものですが、これも『百人一首』に入れられています。さらに、落語に、「千早振る」という、業平の歌を元にしたものもあります。多くの人々がこれらの歌を偲んで、紅葉の頃にこの地を訪れます。ただし、この竜田川については、今竜田川と呼んでいる上流の生駒川、中流の平群川のことではなく、元は大和川の本流を指していたともされています。

この他、大和川の支流はそれぞれ、実に魅力的な顔を持っています。川は、ずっと動き続けているので、そこに、時間の流れを重ねたり、無常を感じたり、さまざまな形で、人の想像力を活性化してきたものと思われます。

おわりに

大和川は、長谷寺の前を初瀬川として流れ、三輪山の裾を巡り、さまざまな川を合わせ、法隆寺のそばをも通り、やがて王寺から、亀の瀬を通り、大阪の河内国分に抜けていきます。何度も書きましたとおり、このルートは、奈良街道から伊勢街道に続く、陸の道と並行しています。

道や川は、輸送という形で、土地と土地とを結びます。それは、人を結び、時に戦いをも招くということを意味します。特に川は、古代からずっと、自動車が登場するまでは、船による輸送のためには、陸の道以上に重要なものであったと考えられます。この川のルートによる、土地と土地との繋がりを改めて考えてみる時、土地の意味が見えてくる場合があります。もう一つの古代以来の難波と大和を結ぶ幹線道路であった竹内街道は、そのまま東に延び、三輪のあたりで伊勢街道と繋がっています。いずれも、大和盆地を東西に渡る道でした。たまたま、大和川がやや北側を抜けていたということが、あるいは聖徳太子を、南の飛鳥からやや北の斑鳩に誘ったのかもしれません。そこには、大和川の存在が大きかったのではないでしょうか。

このように、土地の意味をさまざまに想像し直してみることで、私たちの視線は鍛えられるものと思われます。

第一五章

奈良ホテルに泊まった人々――リアリズムの位相

はじめに

奈良ホテルに泊まった文学者はとても多いので、枚挙に暇がありません。といいますより、奈良に来た文学者は、短期の滞在の場合は、基本的に、奈良ホテルに泊まっています。また文学作品の中にも登場人物の滞在場所として描かれています。

奈良ホテルは、明治四二年一〇月一七日営業開始のホテルで、鉄道院が家主で、株式会社大日本ホテルが最初経営に当たりました。鉄道院によって、当時、三五万円という巨額が投じられました。時代はややずれますが、鹿鳴館でさえ、一八万円でした。東京駅の設計で有名な辰野金吾と片岡安の二人が設計を担当しました。客室数は、五二部屋でした。その後、大日本ホテルは経営から手を引き、大正二年には、日本鉄道院の直営となっています。

その後、株式会社都ホテルの経営などを経て、昭和五八年からは、株式会社奈良ホテルの経営となっています。翌昭和五九年に鉄筋コンクリート造り四階建ての新館が営業を開始しました。

国内外から多くの客が訪れていることでもよく知られています。創業当時には、乃木希典、その後、アルベルト・アインシュタインやヘレン・ケラー、オードリー・ヘップバーンも泊まりました。

今も、木造二階建て瓦葺きの本館は、創業当時の姿を伝えています。

奈良ホテルの文学作品における表象は、概ね、一貫したものとして、文学史の中に積み重ねられています。

一、奈良ホテルからの風景

小林一三の『奈良のはたごや』(岡倉書房、昭和八年九月)に収められた、「奈良のはたごや」には、稿の末に「(大正参年八月)」の日付が見えます。この大正三年の六月八日、福地桃介と長田秋濤と「一美人」との四人連れで、この奈良ホテルを訪れたことが書かれています。上本町から大阪軌道の「この春開業した許りの奈良行電車」に乗って、「生駒山の半腹」に抜いたトンネルをとおり、奈良の停留所に着き、人力車四台で見物しながら、ホテル入りしました。

池を隔て、春日山東大寺、三笠山が一目に見ゆる二階の一室へおちつく。「実に絶景だいゝ処だね。」と秋濤君は上衣をぬいで窓を明く、若艸山のあたり、一抹の白雲うす羅の如く漂ふ、折から聞ゆる大仏の鐘の声！

「詩的を通り越して芝居気に出来て居る、争はれんものじやテ」と秋濤君は少し反身になつてシガーを燻らしながら部屋の中を歩いて居る。

雨が降っていたとのことですが、「春日の山も森も闇の中に隠れて脚下断崖の池に倒まに映るホテルの灯影は画を見るやうである」とも書かれています。やがて一行は、ホテルの「酒場(バー)」に行き、「ホヰイスキーコックテール、平野水なぞ」を飲み、「やがて食堂に入」り、食後は「喫煙室にて安楽椅子に足を投出しながら語」っています。大正三年の日本とは思えないほど、現代と同じようなホテルでの滞在の仕方です。

前掲の和辻哲郎の『古寺巡礼』にも、ホテルでの生活は以下のように書かれています。

奈良へついた時はもう薄暗かつた。この室に落ちついて、浅茅ケ原の向ふに見える若草山一帯の新緑（と云つてももう少し遅いが）を窓から眺めてゐると、いかにも京都とは違つた気分が迫つて来る。

奈良の方がパアツとして、大つぴらである。T君はあの若王子の奥のひそ〳〵とした隠れ家に二夜を過ごして来たためか、何となく奈良の景色は落ちつかないと云つてゐた。確かに万葉集と古今集との相違は、景色からも感ぜられるやうに思ふ。

食堂では、南の端のストオヴの前に、一人の美人がつれなしで坐つてゐた。黒みがかつた髪がゆつたりと巻き上りながら、白い額を左右から眉の上まで隠してゐた。目はスペイン人らしく大きく、頬は赤かつた。（略）またすぐ近くの卓子には、顔色の蒼い、黒い髪を長く垂れた、フランス人らしい大男の家族が座をとつた。（略）――奈良の古都へ古寺巡礼に来てかういふ国際的な風景を面白がるのは、少しをかしく感じられるかも知れぬが、自分の気持には少しも矛盾はなかつた。われわれが巡礼しようとするのは「美術」に対してであつて、衆生救済の御仏に対してではないのである。たとひわれわれが或る仏像の前で、心底から頭を下げたい心持になつたり、慈悲の光に打たれてしみ〴〵と涙ぐんだりしたとしても、それは恐らく仏教の精神を生かした美術の力にまゐつたのであつて、宗教的に仏に帰依したといふものではなからう。宗教的になり切れるほどわれわれは感覚をのり超えてはゐない。だから食堂では、目を楽しませると共に舌をも楽しませてい丶こ丶ろもちになつたのである。

これは、大正七年五月一八日の感想です。彼の古寺巡礼が、信仰心とは別の、あくまで美術巡礼であったことが、明確に告白されています。この視線は、考えてみれば、近代以降の視線です。この態度が、奈良でホテルに滞在するという行為と重ね合わされているわけです。

堀辰雄の「大和路」の「十月」にも、当然のように、西洋におけるようなホテル生活が書かれます。以下のように書かれています。

十月十日、奈良ホテルにて

くれがた奈良に著いた。僕のためにとつておいてくれたのは、かなり奥まつた部屋で、なかなか落ちつけさうな部屋で好い。すこうし仕事をするのには僕には大きすぎるかなと、もうここで仕事に没頭してゐる最中のやうな気もちになつて部屋の中を歩きまはつてみたが、なかなか歩きでがある。これもこれでよからうといふ事にして、こんどは窓に近づき、それをあけてみようとして窓掛に手をかけたが、つい面倒になつて、まあそれくらゐはあすの朝の楽しみにしておいてやれとおもつて止めた。その代り、食堂にはじめて出るまへに、奮発して髭を剃ることにした。

十月十一日朝、ヴェランダにて

けさは八時までゆつくりと寝た。あけがた静かで、寝心地はまことにいい。やつと窓をあけてみると、僕の部屋がすぐ荒池に面してゐることだけは分かつたが、向う側はまだぼおつと濃い靄につつまれてゐるつきりで、もうちよつと僕にはお預けといふ形。なかなかもつたいぶつてゐやあがる。さあ、この部屋で僕にどんな仕事が出来るか、なんだかかう仕事を目の前にしながら嘘みたいに愉しい。けふはまあ軽い小手しらべに、ホテルから近い新薬師寺ぐらゐのところでも歩いて来よう。

おそらくこれが、典型的なホテルの部屋やホテル生活についての印象でしょう。

第一〇章に見たとおり、三島由紀夫の『豊饒の海』第二部「奔馬」の冒頭は、主人公飯沼勲が、三輪山の麓の大神神社で行われた、神前奉納剣道試合で活躍する場面から始まりましたが、この試合に来賓として招かれた、『豊饒の海』全体の輪廻転生の目撃者本多繁邦は、二日間の出張のうち、試合の翌日は「大神神社の摂社で奈良市内にある率川（いさがは）神社の、三枝祭（さいくさの）を見物したらどうだらう」（ルビは原文のまま）と上司に勧められ、奈良に出かけ、奈良ホテルに宿泊しています。本多が見た奈良ホテルからの風景は以下のとおりです。

奈良ホテルの正面玄関（2019年10月29日，著者撮影）

桃山風の木彫の枠を施した窓の硝子には、室内の灯が有明の月のやうに浮んでゐるが、白みかけた空の下には、すでに池をめぐる森のかなたに興福寺の五重塔が際立つてゐる。ここからは上の三層と、暁闇を突き破る相輪のそそり立つさまが見えるだけである。しかし、その、まだほとんど影絵の形は、明けやらぬ空の一角に、丁度、たしかに醒めたと思へば又別の夢の中にをり、一つの不合理を脱したと思へば又次のもつとまことしやかな不合理の中にゐることに気づく、あの重層的な夢の体験に似たものを、その三層の屋根の微妙な反りでもつて語つてゐるやうに思はれた。夢はかくて、絶頂の屋根から相輪の九輪と水煙を伝はつて、見えない煙のやうにあかつきの空へ融け消えてゆく。

これなどは、虚構性の高い作品中のものですが、かなり細かく、忠実に、その姿を描いたものです。
一方、司馬遼太郎は、「街道をゆく」シリーズの二四巻『近江散歩・奈良散歩』(『週刊朝日』昭和五九年一月二〇日~七月二〇日)に収められた「奈良散歩」の中で、奈良ホテルに泊まった際、「かつて興福寺の大乗院が所在した場所」に建つこのホテルについて以下のように説明しています。

明治四十二年にできたこのホテルは、奈良の風景に調和するように、桃山風の建築様式を基本主題として設計され、その後、多少修復されたが、いまもそのたたずまいのまま、大乗院庭園趾の丘陵上に立っている。ロビィは池畔の庭園に面し、そのむこうに荒池とよばれる池がさざなみだっている。まことに気分がいい。

また、同行した編集部の藤谷宏樹氏が、二月堂の内陣近くまで行って「どなられましたよ」と苦笑しているので、誰がどなったのかと見ると、「奈良ホテルの南さん」で、この旧知の人を、司馬は次のように紹介しています。

言ってから、私は噴きだした。奈良ホテルは私どもが泊まっている。南さんはそこのぬしのような従業員で、むろん、ホテルマンとしてはマナーのいい慇懃な人柄なのだが、ひとたび勤務を離れて私服を着ると、このひとは、奈良を守る老志士のようになる。とくに修二会などのときは、ひときわ気が立つらしく、無作法な外来者に対し、無給の僧兵のような気分で、たしなめたりしているのかと思われた。

そうして、これもまた、「東大寺の一側面」として見ています。寺僧でなくても、「外護者（げご）」が出て来るのがこの寺なのだというわけです。

二、奈良ホテルからの散策

永井荷風の「書かでもの記」（『三田文学』大正七年三月、『花月』大正七年五月、六月、一〇月）という回想録に、上田敏からの手紙がいくつか紹介されていますが、その中に、上田の経験として次のように書かれています。

一昨日より家内および娘とともに宇治川に遊んで河添の宿にとまり翌朝奈良へまかりこして新築の奈良ホテルといふに休み、そこより車を雇ひて春日社頭の鹿をはじめ名所遊覧仕候がホテルの赤

旗をつけた車にのつた所はまるでめりけんの観光団に御座候ひき、

これは、明治四三年三月二一日付の手紙です。「新築」とあるとおり、開業からまだ五ケ月しか経っていない、かなり早い段階での滞在ということになります。パリ帰りの上田敏の一家には、違和感はなかったものと思われますが、却ってその見物に代表されるように、西洋的であることが、周囲の日本人たちの目にはよけいに目立ったかもしれません。

また、前掲の和辻哲郎の『古寺巡礼』には、このホテルと散策の関係について、以下のような感想が洩らされています。

一日の間に数知れぬ芸術品を見て廻つて、夕方には口をきくのが億劫なやうな心持で帰つてくる。暫くは柔かい椅子に身を埋めてぼんやりしてゐる。やがて少し体が休まると、手を洗つて、カラアをつけ変へて、柔かい絨氈の上を伝つて、食堂に出て行く。Z夫人はいつの間にか奇麗に身仕度をして、活き〳〵と輝やいた顔を見せる。出来るだけ腹を空かせてゐる上に、かなりうまい料理なので、い丶こ丶ろもちになつてたらふく食ふ。元気よくお喋舌りを始める。今日見た芸術品について論じ合ひ、受けて来たばかりの印象を消化して行くのは、この時である。が、食堂を出る時分には、腹が張つた上に、工合よく疲れも出て、ひどくだるい気持になる。喫烟室などへ行つても、西洋の女のはしやいでゐるのをぼんやり眺めてゐる位なものである。

さてそれから室へ帰つて風呂にはいると、その日の印象を書きとめて置くといふやうな仕事が、全く億劫になつてしまふ。印象は新鮮なうちに捕へて置くに限るのであるが、それが中々実行し難い。手帖の覚書はだん〱簡単になつて行く。

なかなか意味深長です。

大正一五年一一月の正倉院の「曝涼」を見物に来た野上豊一郎も、ここから拝観に出かけています。『草衣集』（相模書房、昭和一三年六月）に収められた「社交団」には、「かねて用意して置いた懐中電灯と陳列目録と写生帳をポケットに押し込んで、定刻早めに奈良ホテルを出た」と書かれています。それなのに、上品な婦人たちが館の入り口の前で「社交」していることに邪魔され、見物を三〇分も待たされたことを、愚痴混じりに実に皮肉な調子で書いています。

林芙美子に「私の好きな奈良」（『私の紀行』新潮社、昭和一四年七月）というエッセイがあります。

また、奈良ホテルにも泊つたことがあります。終日池に面した部屋から、笹藪のゆさゆさするのを眺めてゐた事があります。奈良ホテルに泊るやうな、心おごつた豊かな気持も捨てがたく有難いのに私はホテルを出ると、友人と二人で町のうどん屋に這入つて狐うどんをたべたりもしました。駅近い大きいうどん屋で、汁のおいしかつたことを忘れません。奈良では古道具屋を見て歩くのが好きです。油壺の愛らしいのを見たり、古書の虫の食つたのをめくつてみたりしたものです。奈良は空が綺麗だと思ひました。空が綺麗だから、古道具なんかの並んだ軒が深くて、陳列の品々が、澄んで見えるやうな気がします。

この文章には、昭和六年三月の日付が付いています。

三、奈良名物とならまち周辺

奈良の名物といえば、筆頭は大仏でしょうが、土産物としては、墨と筆が代表的でしょう。この他、一刀彫の奈良人形や、奈良団扇もよく知られています。食べ物では、奈良漬、三輪素麺、吉野柿の葉寿司、吉野葛、茶粥、あたりでしょうか。また、製薬も古くから有名で、陀羅尼助や三光丸などが胃腸薬としてよく知られています。置き薬も盛んでした。また、奈良晒や国栖や宇陀の手漉き和紙、高山茶筅と奈良絵を施す赤膚焼もよく知られています。

しかし、こう書き連ねても、場所が身近すぎて土産物を買わない土地の人間にとっては、もはや食べ物以外は、かなり縁遠いものになっているのが現状ではないでしょうか。

前掲の池田小菊の「帰る日」や、「奈良」(『文学界』昭和一三年一一月)は、奈良を名所としてではなく、生活空間として身近に描く代表的作品です。

「帰る日」の中に、叔母が、紀伊子を散歩に誘う場面があります。

「三条の方をブラつかない?」

叔母は右へとつた。夜の街は、余り私に好感を与へてはくれないのだけれど、私は従者のやうに従つた。

「何だか明るい街を、ブラつきたくなつたのよ。」と叔母は言つた。

奈良の街は狭い。家屋も低い。古道具屋がある。その道具屋の店で、白髯の老人を頭にして、四組の碁客が戦つてゐる。筆屋に墨屋、奈良漬屋、静かな店の間々に、都会並の呉服屋、菓子屋もまぢつてゐる。大軌の停留所前にでると、パツト明るい感じして、そこから三条へ出るまで、四町ばかりは、大阪の心斎橋あたりを、縮図した気持である。人の間を縫ふやうにして、私達は歩いた。都食堂の傍で、老人夫婦が鈴虫を売つてゐた。

「大軌の停留所」はいうまでもなく、今の近鉄の奈良駅です。そこから、東向商店街を南下したのでしょう。三条に出る角には「おすし屋」も書かれています。さらに、次のような記述が続きます。

私達は、そこの丁字街頭に立つた。そこは餅飯殿、つまり、奈良の銀座への入口であるのと、猿沢池への通路であるのとで、人はかなりこみ合つてゐる。

この程度の、何気ない描写ですが、実に丁寧に描き込まれています。あるいは、池田自身が奈良出身でなかったことが、幸いしたのかもしれません。わざわざ丁寧に描写するには、実は距離感が必要です。その土地をよく知る地元の人間ほど、却ってその土地を描きにくいという逆説が、ここに生じます。よく知っていることを、知らない人に説明することは、実は困難な作業なのです。

おわりに

基本的には、奈良ホテルは、日本における近代ホテルの先駆けの一例として、いわば奈良のみならず日本を代表するホテルとして紹介されますが、一つだけ、このホテルを悪く書いたものがあります。谷崎潤一郎の「細雪」です。その下巻（『婦人公論』昭和二二年三月～昭和二三年一〇月）に、以下のような文章が見えます。

六月上旬の土曜日曜に、貞之助は留守を雪子に頼み、悦子をも彼女に預けて、幸子と二人だけで奈良の新緑を見に出かけた。(略)土曜の晩は奈良ホテルに泊り、翌日春日神社から三月堂、大仏殿を経て西の京へ廻つたが、幸子は午頃から耳の附け根の裏側のところが紅く脹れて痒みを覚え、髪の毛が触るとその痒さがひとしほであるのに悩んだ。(略)夫はいつもの時刻に帰宅して、何と思つたか、ちよつと耳をお見せと云つて、(略)ふん、これは蚋やないで、南京虫やで、と云ふのであった。へえ、何処で南京虫にやられましたやろ、と云ふと、奈良ホテルの寝台や、僕かて今朝はこゝが痒いと思うたら、ほら、と云つて夫は二の腕をまくつて見せ、これ、たしかに南京虫の痕や、お前の耳にかてこれが二箇所もあるやないか、と云ふので、合せ鏡をして見ると、成る程それに紛れもなかつた。

「ほんに、さうやわ。——あのホテル、ちよつとも親切なことないし、サアヴィスなんかも成つてない思うたら、南京虫がゐるなんて、何と云ふひどいホテルやろ」

幸子は折角の二日の行楽が南京虫のために滅茶々々にされたことを思ふと、いつ迄も奈良ホテルが恨めしく、腹が立つて仕方がなかつた。

これは、一種の筆誅で、この小説を読んだ読者は、奈良ホテルにかなり悪い印象を持つものと思われます。いわば、営業妨害にもなります。現代ならば、大事かもしれません。

谷崎は、何か、厭な印象を持つようなことがあったのかもしれません。

ホテルを始め、土産物の老舗など、固有名詞を持つものは、小説などで紹介されることは、このような、宣伝効果と筆誅の可能性との間にある、実に微妙な表象物といえます。虚構中にあっても、虚構にはなりきらない存在が、固有名詞です。奈良ホテルの場合、一時期は、わざわざ奈良ホテルといわなくても、ホテル、というだけでも通じるほどでした。

固有名詞の小説における効果と危険性は、小説という虚構作品の、現実空間との距離感を端的に示しています。私たちは、虚構として読んでいる小説においても、その中に登場する固有名詞の存在性については、認めてしまいます。ゴジラが倒す、東京タワーのようなものです。

実は、現実空間と、小説の中の同じ固有名を持つ場所、そしてそれが小説の中でどのような役割を果たしているのかについては、もう少しじっくり考えてみるべきテーマなのです。

第一六章

當麻寺と葛城古道——折口信夫「死者の書」と坪内逍遥「役の行者」

はじめに

この書は、竹内街道から書き始めました。その時にも少しだけ、當麻寺に触れましたが、そこでは、竹内村を中心としましたので、ごく簡単に触れただけでした。その際にも述べましたとおり、竹内は、私の父方と母方の双方の祖母が出た村です。

私には、もう二つ、祖父母の家という意味合いでの故郷といえる場所があります。一つは、当然ながら、父方の祖父のいた家です。これは、今も私が住んでいる羽曳野市の駒ヶ谷なので、故郷でありながら、現住所のごく近くでもあり、追憶の対象にすることは困難です。

もう一つは、母の実家、すなわち母方の祖父の家です。これは、奈良県北葛城郡新庄町中戸、今は葛城市になってしまいましたが、母にいわせると、「くぼ」という地域です。今も、母の兄一家が家を守っています。

この家の西は、葛城山系です。この山麓が、私のもう一つの故郷の風景です。當麻寺や竹内から、ちょうどまっすぐ南下するように、葛城古道があります。今は、山麓線と呼ばれる自動車道があり、便利になりましたが、道から一歩脇に入ると、今でも、古い葛城の空気を感じ取ることができます。

葛城山麓には、多くの神社や寺があります。

すべてを巡ることは無理ですが、いくつかについて、文学との関わりを見て取り、併せて、私の故郷追慕を加えて、この書を閉じたいと思います。

一、折口信夫「死者の書」と當麻寺

この小説の作者折口信夫は、民俗学者また国文学者として有名であり、創作家としてのイメージは、むしろ釈迢空の名で、短歌作者としてよく知られています。彼の全集の目次を眺めていても、国文学研究と民俗学等の研究がほとんどを占めていて、創作はごく少数です。「死者の書」はその代表作です。この小説を読むと、やや不思議な気持ちになると思います。この小説は、古代を再現するのではなく、まさしく同時に古代を体験させるようにできているからです。

「死者の書」は、昭和一四年一月から三月まで、『日本評論』誌上に掲載されました。作品は、少なくとも二つの焦点を持っています。一つはいうまでもなく中将姫こと藤原南家郎女であり、もう一つは、冒頭部に墓の中で目を覚ます滋賀津彦こと大津皇子（の霊）です。

もしこの物語に筋らしきものを探すとするならば、それは、南家の郎女が、幻影として見た二上山の間のある尊い人の姿にあこがれ、當麻寺まで密かにやってきたが、浄域を汚したと咎められ、その罪を贖うために寺のうちに留まるうちに、ますますその面影は大きくなり、その姿に捧げるために、蓮糸で布を織った。これがいわゆる當麻曼陀羅である。といったいわば因縁譚のようなものとなると思われます。ここには、中将姫伝説が色濃く影を落としています。當麻曼陀羅とは、當麻寺に伝わる、綴織當麻曼陀羅図のことで、別に綴織阿弥陀浄土変相図とも呼ばれています。つまり本来的には曼陀羅と呼ぶのはふさわしくないような画題なのです。中将姫伝説とは、中将姫が藤原豊成の娘として生まれながら、継母にいじめられ、さらに捨てられてしまいますが、のちに父と再会し、内裏の人ともなりましたが、のちに出家して當麻寺の尼となり、仏の助けを得て、たった一夜で曼陀羅を織上げたというものです。この波瀾万丈の人生を生きた姫の事蹟が、當麻曼陀羅縁起という形でまとめられているわけです。ちなみに豊成は、大織冠藤原鎌足の曾孫で不比等の孫。南家の祖となった武智麻呂の子です。弟仲麻呂（やり手で、道鏡と争い失脚したとされる恵美押勝）と不仲で、一時は不遇の身となるが、のちに内大臣に返り咲いています。

しかし、この中将姫伝説をなぞるような筋ばかりがこの小説の幻想的な雰囲気を作り上げているかというと、決してそうではありません。むしろ筋はあくまで作品構築のための補助線の如くです。

物語の背景には、この姫を導く尊い人の面影の二重性あるいは三重性が存しています。それは、とりあえずは、阿弥陀像です。その尊い像に、滋賀津彦すなわち、大津皇子の像を重ねることが、この小説の最大の意図のようです。二上山は、その形状から、間に山越の阿弥陀が現れるにふさわしいのですが、同時に、父天武天皇の死後すぐに、謀反の疑いをかけられて自害させられた大津皇子の墓を持つことでも有名な山なのです。これは、姉大来皇女(おおくのひめみこ)が詠んだ「うつそみの人なるわれや明日よりは二上山を兄弟(いろせ)とわが見む」の歌によります。ただし、現存の雄岳山上の大津皇子墓ではなく、あるとすれば、二上山南麓斜面で、改葬墓でなければならないというのが現在の見解のようです(河上邦彦「大津皇子と二上山　山麓の古寺発掘調査から」、週刊朝日百科『日本の国宝』四、朝日新聞社、平成九年三月)。

しかしとにかく、大津皇子と二上山のイメージが強く結び付いていたことは確かです。このイメージはさらに、大津皇子の、恨みを残した尋常でない死に方と、その怨念のイメージとも結び付いています。この世に思いを残す大津皇子が、藤原南家の郎女(いらつめ)を呼び寄せたというもう一つのストーリーがここに形成されるわけです。

中将姫の墓塔（2018年5月18日，著者撮影）

それにしても、滋賀津彦の出てくる場面は、やはり非現実の度合いが大きいといえます。

滋賀津彦の登場する場面には音が実に効果的に用いられています。まず冒頭においては「した　した　した。耳に伝ふやうに来るのは、水の垂れる音か」と書かれ、そこから、かつて見た「耳面刀自（みみものとじ）」が思い起こされています。また、「こう　こう　こう」という人声を聞きつける場面も書き付けられています。これは、藤原南家郎女の御魂を呼ぶ九人の魂寄せの声です。現実界と御魂の世界が、音で結び付けられていることに注目しておきたいと思います。ここには、目に映る世界と、音による現実とが対比的に描かれています。夢という、視力の有無とは別の視覚的世界により想起される過去と、現実の音との対比です。そこには、物語というものの原初的形態である、口承性が、譬喩的に指し示されているのかもしれません。文章よりもむしろ、耳で聞くものこそ現実であるという暗示です。

いわゆる不可思議な世界を扱う場合には、民俗学すら二の足を踏む場合があります。しかし、伝承にはいくらも、科学的客観的な表現では説明しきれない事実が存していています。この際選ばれてきた表現ジャンルが、どうやら小説という分野のようです。これは何も、小説ならば何を書いてもよい、といった、虚構創作の面を強調していうのではありません。むしろ事実は逆で、歴史上の不可思議さに見合った表現の可能性を持っているのは、小説ジャンルに取りあえずは勝るものはないということです。もしこの「死者の書」の内容が全く作り話なら、まだ話は簡単なのです。そうではなく、伝説が確かに残っているから厄介なのです。しかも、確固としたリアリティーをもって、です。このリアリティーを保持しつつ、さらに明快な形で読者に伝えるために、小説の表現特性が用いられたのではないでしょうか。私たちの読書行為も、この意味において、従来のイメージである受動性から解き放たれなければならないものと思われます。読むということは、同時に、そこに現前させ、現実化する、能動的な創造の行為なのです。

したがって、この作品は、世に伝わる伝説を小説化したというような順序で成立するものでは決してないと考えられます。むしろ新たな伝説を作る、その方法論を、そのまま小説によって示したような作品という方が事実に近いのです。小説のこの表現の能動性は重要です。ここには想像と創造とを繋ぐからくりが潜んでいます。

なお、大津皇子は、『日本歴史人名辞典』には「容姿端正、音辞清爽にして学を好み、文を能くす」とされています。また中将姫も、二上山の東麓、當麻寺の近くにある石光寺に、その蓮糸の色を染めたとされる井戸が残っていますが、このあたりにおいても、俊敏でかつ美女の誉れ高かった女性です。この二人が主な登場人物であることから、この小説は、才子佳人小説の趣をも呈しています。このような人物の魅力に読者が惹かれることも確かです。これは、伝説の世界においては常套のものであり、ここにもこの小説に用いられた小説作法との共通点を見出すことができます。

何らかの形で歴史に残るためには、その存在が他者によって確かめられ、それが多くの集団によって語り伝えられなければなりません。事実や人物は、語り伝えられることによって、歴史上というある線上の舞台に位置づけられるということが、滋賀津彦によって表象されているのです。

確かに印刷も録音機器もなかった時代に、歴史とは、まず口承であり、それを書き留めるものとしての文字が次に続いたものと考えられます。その意味で、正しく「物語」は語りであり、この音を伴う口承の物語の現代的再現を、作者が試みたものと考えられるわけです。この小説の中の和歌の引用や天皇を始めとする人々の大和言葉による読みなどは、一方で読みにくさの要因でしょうが、そこには、音を伴う古代の再現の意識が、明確に意図されていたものと考えられます。

これは、現代における、物語という分野の再生の試みだったのです。

二、當麻れんどと石光寺

毎年五月、「當麻練渡」と呼ばれる行事で、當麻寺は賑わいます。正式には、「聖衆来迎練供養会式」といいます。これについては、佐伯啓造編『大和古寺行事』（改訂版、鵤故郷舎出版部、昭和一九年一月）に収められた、井東史郎「當麻の廿五菩薩煉供養」にやや詳しく解説されています。

近頃は五月十四日の牡丹の真盛り過ぎの日も西に傾かんとする頃に當麻寺の曼荼羅堂から娑婆堂へ架け渡された長廊下の上で厳修され、これを拝観し結縁せんとする遠近道俗善男善女が参集し為めに山内は雑踏の賑ひを呈すのである。

> 四番鐘が鳴る。愈よ来迎聖衆が繰り出される。天人二人が先行する、次に錫杖をついて地蔵菩薩が歩み出る。次の円頭が龍樹菩薩である。其の後へ各自持物も別々の金色燦たる面像の廿五体の菩薩が次から次へと行列をなし。（ママ）此の廿八部衆が渡り架橋に全部一列縦隊に並んだところはほんたうに見栄えのする動く仏画とでも申すべきであらう。

平成一七年に、面は一新され、黄金の輝きを取り戻しました。さらに平成三一年度からは、この當麻れんどが、一カ月前倒しされ、四月一四日に移されました。

當麻寺から石光寺に向かう途中の北墓と呼ばれる墓園に、中将姫の墓と伝えられる墓塔が建っています。

三、葛城古道と役行者

坪内逍遥に「役の行者」という戯曲があります。大正二年五月にいったん完成したものですが、複雑な経緯があり、改訂作が大正五年九月に「女魔神」というタイトルで『新演芸』に掲載されました。さらに、翌大正六年五月に単行本として出された際に、もう一度「役の行者」というタイトルに戻されています。複雑な経緯とは、岩波文庫版『役の行者』（岩波書店、昭和二七年六月）の河竹繁俊の「解説」によると、以下のとおりです。

中止にした理由は、ちやうどこの時分、逍遥の主宰してゐた文芸協会の内部で、島村抱月と松井須磨子との恋愛事件が起り、紛糾を重ねた挙句二人は退会し、協会は分裂といふ最悪の事態に直面した。ところがこの作中の廣足と女魔神との因縁及び役の行者との関係が、抱月・須磨子対逍遙の関係を彷彿させるものがあつたので、事件が社会問題化した時にこの作を発表することは、事態を益〻悪化させる虞れがあるといふ、作者の深慮から発表が保留されたのであつた。

さて、この二幕六場の戯曲は、主に大峰の山上ヶ嶽とその麓を舞台とする物語です。冒頭のト書きには、「今の洞川村辺から余り遠くない処」とあります。

大峰山の信仰は、大和のみならず、例えば私の生まれ育った南河内の駒ヶ谷でも、今も大峰講があるほど厚いものでした。これは役行者信仰も同様です。駒ヶ谷にも行者講があり行者像があります。未だに女人禁制のこの修行場には、私が幼い頃は、男の子必ず一度は参らねばならないとされていました。「山上さん」で、縄を肩に入れ、足をもたれ、突き出た岩から下を覗かせる「覗き」をさせられた経験は、今も記憶に留まっています。

第一幕第二場で、麓の農家の主である六十五六の爺と、婆が、娘姉妹に、「山の主」の物語を聞かせています。

爺　せはしない。これからがその話ぢや。（略）其山の主さんといふは、名を一言主さんというて、今から三四十年前までは此界隈きつての荒神さんでなう、それがまた毎日毎晩何遍となう、猛しい獣類の生き胆を食はしやらんでは神通力が弱る神さまぢややげなで、それで其都合で、わざとこゝいら一円に、猛しい獣類を蕃殖しておかつしやつたものぢや。

爺　人間の為には、それがどのくらゐ迷惑になつたか知れん。月に二三人ぐらゐは、きつと獣類の餌食になつて、非業の最後を遂げたものぢや。役の行者さんがござらつしやらなんだら、この大和一円、人種が尽きたかも知れん。

婆　それから、其一言主さんのお袋さんに、葛城の神さんといふ、我強い、執念深い、怖ろしい女神さんがあつてなう、其女神さんがまた業通が自在なので、（略）

婆　人間のお行者さまに使はれるのが悔しうてならんのぢやげな。それにお袋の葛城さんが傍から煽り立て、磐橋の邪魔ばかりではなく、折を見てお行者さまを殺いてしまはうと企んでござるのが知れたので、そこでお行者さまが、呪縛といふことを行はつしやつたげな。（略）

爺　されば、お行力で、西谷の奥の大樟の木の股へ、山の主さんを挟み込んでしまはつしやつたのぢや。

地元では信仰の厚い一言主や葛城の神が、このとおり悪役として登場します。

このような伝説が、この戯曲の舞台となっています。物語は、役行者のかつての弟子で、破門された廣足が訴え、討手が行者を捕えにきます。美女の誘惑と役行者の母を使っての脅しにも負けず、金剛蔵王の像の顕現を祈る役行者の姿で終わります。

それにしても、葛城は、古来、仏教や神道の体系とは別の世界として、その圧倒的な存在感を示す場所です。

葛城古道沿い、といってもやや幅広ではありますが、ここには、竹内峠を竹内街道で下った大和側の集落である竹内村あたりを起点として、北から、長尾神社、九品寺、葛城山、一言主神社、高天彦神社、高鴨神社など、興味深い神社仏閣が並んでいます。この混在の背景にも、古くからの神々の場であった葛城の地に、蘇我氏によってもたらされた仏教の影響を見て取ることもできます。

司馬遼太郎の母が、この竹内村出身であることは第一章においても述べました。司馬の「街道をゆく」シリーズの第一巻『甲州街道長州路ほか』に収められた「竹内街道」には、この村出身とされる武内宿禰について、次のように書かれています。

のちに、生駒・葛城・金剛という南北にながい山系のふもとに蟠踞して大和や河内の王朝を擁立した古代勢力（許勢（こせ）氏、平群（へぐり）氏、葛城氏、蘇我氏）の祖とされる人物で、実在したとすれば竹内街道の通る竹内を本拠地としていたろうと考えるのが自然である。

そして、この竹内をさらに山麓に下った集落が、長尾です。司馬は、出征前の記憶として、同じ「竹内街道」に、次のような微笑ましい文章を残しています。

私が、昭和十八年の秋にこの竹内への坂道をのぼったとき、多少いまから思えば照れくさいが、まあどうせ死ぬだろうと思って――兵隊ゆきの日がせまっていたので――出かけたのだが、坂を登ってゆくその坂の上の村はずれから、自転車でころがりおりてきた赤いセーターの年上の女性（といっても二十二、三の年頃だと思うが）がいて、すれちがいざまキラッと私に（?）微笑し、ふりかえるともう坂の下の長尾の家並みの中に消えていて、ばかばかしいことだがいまでもその笑顔をおぼえている。どこの娘だかは知らないし、むろん先方も私を知らなかったにちがいないが、要するに彼

> 女にとって自分があまりに猛スピードでころがりおちてきているため、私とすれちがいざま、自分のお転婆ぶりがはずかしく、つい笑顔が弾けてしまっただけで、他意はなかったにちがいない。しかし当方としてはそれだけでしばらくボンヤリしてしまい、にわかに恋が襲ってきたような気がして——アホらしいが、それほどあの時代の青春はまずしかったようにおもわれる。

「街道をゆく」シリーズの中ではやや珍しい、なかなかロマンティックな場面です。昭和一八年に「二十二、三歳」ということは、大正一〇年くらいの生まれの女性でしょうか。私の伯母は、昭和の一桁生まれで、自分の母の実家のあるこの竹内によく遊びに来ていたようですが、確か、自転車は乗ることができなかったように思います。当時の女性としては、かなりお転婆というのも頷けます。

さて、司馬もまた、葛城の神々を訪ねています。司馬は「葛城みち」と読んでいますが、今のいわゆる県道の山麓線ができる前、「大和街道」とも呼ばれた道を、葛城の山麓に沿って南下します。これが、同じく「街道をゆく」シリーズの第一巻に収められた「葛城みち」（『週刊朝日』昭和四六年一月一六日〜五月七日）の章です。

まず司馬は、笛吹村の「葛木坐火雷神社（かつらぎにいますほのいかずち）」を訪れます。ここで、神主の笛吹連の堀江さんという人物に話を聞いています。

土蜘蛛塚（2014年2月3日，著者撮影）

次は、坪内逍遥の「役の行者」に登場する一言主神を祭る一言主神社に参ります。神社は高丘という地にあり、道からやや登った高台に位置しています。ここでも宮司の伊藤さんに話を聞きます。

この一言主神と役行者の関係が、古代と現代の間で断絶したある歴史の痕跡を、私たちに示してくれているようです。それは、歴史というものが、常に、征服者の筆記によって伝えられるために、対立者が悪者にされるということによります。

高天彦神社の近くに、土蜘蛛の塚がありますが、この土蜘蛛の伝説もまた、この歴史記述の危うさを反映しています。このあたりの人々が、未だ、多く竪穴式住居に住んでいた頃、文化の進んだ平地の一族が彼らを見て、「土籠（つちごも）」と呼んだことが、おそらくその土蜘蛛の語源と考えられています。異民族は時に、蜘蛛にまでされてしまいますが、そこには、征服者と被征服者の力関係が認められるのであって、事実は、蜘蛛などではなかったということを、「土蜘蛛」という名前から見抜かねば、歴史の真の姿へはなかなか近付けないわけです。その一方で、この「土蜘蛛」という名前が一人歩きし、後には、能の演目にも昇華されていきます。伝説とは、そのようなものです。

役行者こと役小角もまた、この葛城山麓に住んでいた、鴨族という氏の出身とされます。鴨族は、カモとカミ、カムという語の類似からも類推されるように、神事を司る氏族だったようです。有名な京都の上賀茂神社、下鴨神社の遠い祖先に当たるとされます。

これについて司馬も次のように書いています。

ついでながら、大和葛城の鴨のひとびとは、のちに山城（京都）平野の一角に住み、そのあたりを開拓して、鴨の地名をのこした。京都の北郊の上賀茂、下鴨、それに鴨川などといった地名や、上賀茂社、下鴨社といった神社は、大和から山城にうつったかれら先住族の痕跡である。

鴨族の出身で、もっとも知名なのは、古くは役小角（六三四～？）で、中世にあっては鴨長明（一一五五？～一二一六）であろう。

このとおり、京都の多くは、大和の地からもたらされたもので成り立っています。

さて、一言主神と役行者とは、いわば、このとおりごく近い存在でしたが、一言主神が古い葛城の神々の末裔で、神としてその伝統を守ろうとしたのに対し、役行者は、当時の新しい文化である仏教をも取り込み、さらには、それとおそらくともに日本にもたらされた道教の神仙思想にも深く親しみ、その修行により、伝説では飛行術まで体得したとされています。いわば、最新の外来思想によって、古い神々を圧倒しようとしたわけです。この図式は、ちょうど一昔前に、蘇我馬子が、物部守屋を滅ぼしたのと同様といえます。考えてみれば、役行者は中大兄皇子や中臣鎌足等と同時代人です。役行者の飛行術で思い起こされるのは、聖徳太子もまた、馬に乗って富士山の上空まで飛行したという伝説を持つことです。この時代の歴史観は、したがって、実に奔放であり、私たちも注意が必要です。

司馬の「葛城みち」は、この後、鴨族の祖神を祭る高鴨神社に向かうところで終わっています。古代には反映し、今は後の政権によって放逐されてしまった多くの氏族の痕跡が、葛城には、むしろ珍しく多く残っているともいえます。

四、新庄町久保という今はなき名

最後に、母の実家である、新庄町（今は葛城市）の周辺についても少しだけ触れておきたいと思います。

この地には、柿本神社があります。祭神はいうまでもなく、「万葉集」第一の歌人柿本人麻呂です。この地で生まれ、七七〇年に、亡くなった石見国（島根県益田市）からこの地に改葬されたとされています。人麻呂には、「春楊葛木山にたつ雲の立ちても坐ても妹をしそ思ふ」（巻一一―二四五三）という歌があります。このあたりは、地名も柿本です。また、境内には、真済という僧によって、人麿堂（現影現寺）が建立され、真済自身が彫ったとされる、人麻呂の木像が祀られています。

ここから、山の方に向かうと、中戸という集落に隣接して、久保という集落がありました。今はこの地名も消えています。山麓線ができ、その向かい側に墓と、今は公園に整備された新池がありますが、この墓は、私の幼少の頃までは、未だに土葬でした。今から思えば、山麓線ができるまでは、この地には、ほぼ、古代と同じ風景が広がっていたのかもしれません。山麓線とは、県道御所香芝線のことで、平成四年に、御所市東佐味から當麻町當麻までの一四・七㎞が開通しました。その後も両側に延伸しました。

村が発展することは、確かにそこに住む人にとっては便利になることですが、同時に、風景を一変させてしまいます。司馬遼太郎も、この山麓線について、強く反対の意を持っていました。「葛城みち」の中で、一言主神社に続く松並木について、次のように書いています。

ただし、ごく近い将来、建設省がやっている何とか国道がこれを途中でぶち切ってしまうよし。腹をたてても結局はそうなってしまう世の中だが、いまならこの松並木に立って、道のきわまってゆく葛城山のふもとをのぞめば、太古の風景は十分に想像することができる。（略）

石段を降り、ふたたび松並の道をたどったがこの松林もちかぢか建設省の手で伐られるのだという。二上山のほうからここを通って和歌山へゆく新産業道路ができるそうで、その道路ができればいまの葛城山麓の古色はまったくなくなってしまうであろう。

この文章が『週刊朝日』に連載されたのは、先にも見たとおり、昭和四六年四月一六日から五月七日です。この頃はまだ、高度成長期のまっただ中で、好景気が続いていました。それから二〇年後、山麓線は開通しましたが、ちょうどバブルが崩壊した後でした。

私はこの間に成人し、結婚し、就職しました。歴史とは案外に長いようで短いものです。私の生きている間に、あらゆることが起こっています。そして、振り返ってみると、故郷の風景だけが、幻のように、遠くにありながら、近くにあるように思えるのです。特にこの土地を訪れると。

おわりに

私たちにとって、故郷とは、いったい、どこにある場所でしょうか。もちろん、現実に、父母の実家などを指すことはいうまでもありませんが、誰しもが、それを故郷と意識するのかというと、核家族化が進み、マンション暮らしも多い現代においては、やや状況が異なるものと思われます。一方で、生まれてこの方マンション暮らしであっても、魂が感じ取る故郷は、誰にも共通して持たれているように思えるのです。たとえ一度も訪れたことがなくとも、自分の故郷として感じ取ることのできる心の故郷の風景を、みんなが遺伝子の如く持っているように思われてならないのです。

そしてそれが、大和の風景なのではないでしょうか。

私がたまたまそうだから、といわれてしまえば、それだけの話ですが、それでも私には、故郷の普遍性というようなことを夢想したい気持ちが残ります。

皆さんにとって、故郷とは、いったいどこでしょうか。そして、人生にどんな意味を持つ場所でしょうか。

あとがき

こんな本が出したかった。

大和は、私の故郷といってよい土地である。母の里が、現在の葛城市、旧新庄町久保というところにあり、幼い頃は毎年のように、竹内越えをして一夏を母の実家、つまり祖母のいる伯父の家に預けられて過ごした。

「ふるさと」や「自分の田舎」を問われて、私が思い浮かべるのは、この母の里である。そこには、古い日本家屋、古い便所、へっつい、裏の竹藪、田圃、近くの池や森、小川など、日本の原風景のような景色が揃っていた。

この家で、まだ結婚前で実家にいた叔母たちにも可愛がってもらい、葛城山に連れて登ってもらったりもした。これは私にとって少し甘い思い出である。

私の二人の祖母の実家も竹内村にあった。祖母同士は従姉妹に当たり、同じ河村という苗字の家の出で、その家は、本文中にもやや詳しく書いたが、司馬遼太郎の母親の実家とごく近くにあった。ちなみに司馬の母親の苗字も河村である。

竹内の近くには、當麻寺があり、中将姫で有名な石光寺もある。

そしてこれはごく偶然ではあるが、妻も、奈良市に実家がある。

ごく私的に、自分の専門である日本近代文学と、この大和という土地を結び付けて、縦横に論じてみることができれば、そんな思いを、いつの間にか知らず知らず持つようになっていた。

そんな折、今からもう二〇年ほど前になるが、奈良県橿原市で、まほろば大学校という高齢者向けの市民講座が開かれることになり、その文学の講座の講師にどうかという話が舞い込んできた。まだ若かったが、勉強にもなるし、先に述べたような個人的な思い入れもあり、二つ返事で引き受けることにした。年にたった四回ながら、講座の用意をするために、大和と近代文学との関係を改めて調べ直した。とても楽しい作業ではあったが、当初は毎回、緊張感もあった。というのも、私より、地元のことをよくご存じの聴衆が多かったからである。時々、授業の後で、内容について、訂正すべき指摘も受けた。「義経千本桜」の話を気軽にしていて、その関係の家の出であるという女性が聞き手の中にいて、赤面したこともある。

最近になって、講座は年八回に増えた。内容も二年分一六回となった。古典文学にも、自分の能力の範囲内で、できるだけ触れるようにした。

毎年の講義の中で、大和の風景も変わることに否応なく気付く。薬師寺の姿などは、昔と全く異なる。これはやはりしっかり記録しておく必要があるのではないか。

二〇一九年四月一五日から一六日にかけて、パリのノートルダム大聖堂の尖塔で火災が起こったことは、記憶に新しい。この衝撃的なニュースはすぐさま世界中を駆け巡り、多くの人々が悲しんだ。概ね石の文化といえるヨーロッパでも、そしてあれほど著名な建築物で管理も行き届いているはずのものでも、あのようにあっけなく焼けてしまうことがある。

私はすぐに、奈良の古寺のことを想った。法隆寺の壁画が焼けたことも日本人は体験してきたはずである。木の文化である日本の建築物は、むしろいつか焼けて亡くなってしまうことの方が前提されているのかもしれない。永遠性の保証がないからこそ、ことさらに愛すべきとも考えられる。

それでも、永年の風雪に耐えて、今、ここに存在し続けていることの価値は微塵も揺るがない。大和の寺々や史跡について書いていると、そこに行きたくなる。行くと、写真を撮りたくなる。そこで、出版社に無理をいって、いくつかの写真を載せてもらうことにした。萌書房の白石徳浩さん、本当にありがとうございました。

これが、この本の成立の経緯である。

やや個人的な内容と視点に偏りすぎているかもしれない。これは、幼い頃から愛し続けた、私の原風景としての大和に、私なりに向き合ったためで、いたしかたないといえばそのとおりである。また、郷土史家の故土橋敬二氏や青蓮寺の堀切康洋住職など、取材を通じていろいろな方から話を伺えたことは、幸せな体験であった。校正では、萌書房の小林薫さんと、妻にお世話になった。皆さん、ありがとうございました。

大和の魅力を、文学の手を借りて表現したいという当初の狙いは、一貫している。大和の魅力が、文学の力を借りてさらに光り出し、読者の大和への興味を喚起できれば、大成功である。

とにかくこのごく私的な小さな営為が、少しでも汎用性をもって、読者に伝われば幸いである。この書が、大和散策のささやかなガイドブックとなればさらに幸甚である。

令和一年一二月

真銅正宏

■著者略歴

真 銅 正 宏（しんどう　まさひろ）

1962年　大阪府に生まれる

1992年　神戸大学大学院文化学研究科（博士課程）単位取得退学

徳島大学総合科学部専任講師・同助教授，同志社大学文学部助教授，同教授を経て

2015年　追手門学院大学国際教養学部教授（日本近現代文学専攻），現在に至る

2016年　博士（文学）（神戸大学）

主要著作

『永井荷風・音楽の流れる空間』（世界思想社，1997年），『ベストセラーのゆくえ―明治大正の流行小説―』（翰林書房，2000年），『言語都市・上海』『同・パリ』『同・ベルリン』『同・ロンドン』（共編著：藤原書店，1999/2002/2006/2009年），『小林天眠と関西文壇の形成』（共編著：和泉書院，2003年），『パリ・日本人の心象地図―1867-1945―』（共編著：藤原書店，2004年），『食通小説の記号学』（双文社出版，2007年），『小説の方法―ポストモダン文学講義―』（萌書房，2007年），『永井荷風・ジャンルの彩り』（世界思想社，2010年），『近代旅行記の中のイタリア』（学術出版会，2011年），『偶然の日本文学』（勉誠出版，2014年），『感触の文学史』（勉誠出版，2016年），『匂いと香りの文学誌』（春陽堂書店，2019年）他

まほろば文学街道

2020年2月1日　初版第1刷発行

著　者　真 銅 正 宏

発行者　白 石 徳 浩

発行所　有限会社 萌（きざす） 書 房

〒630-1242　奈良市大柳生町3619-1

TEL（0742）93-2234 / FAX 93-2235

[URL] http://www3.kcn.ne.jp/~kizasu-s

振替　00940-7-53629

印刷・製本　モリモト印刷株式会社

ISBN978-4-86065-136-7